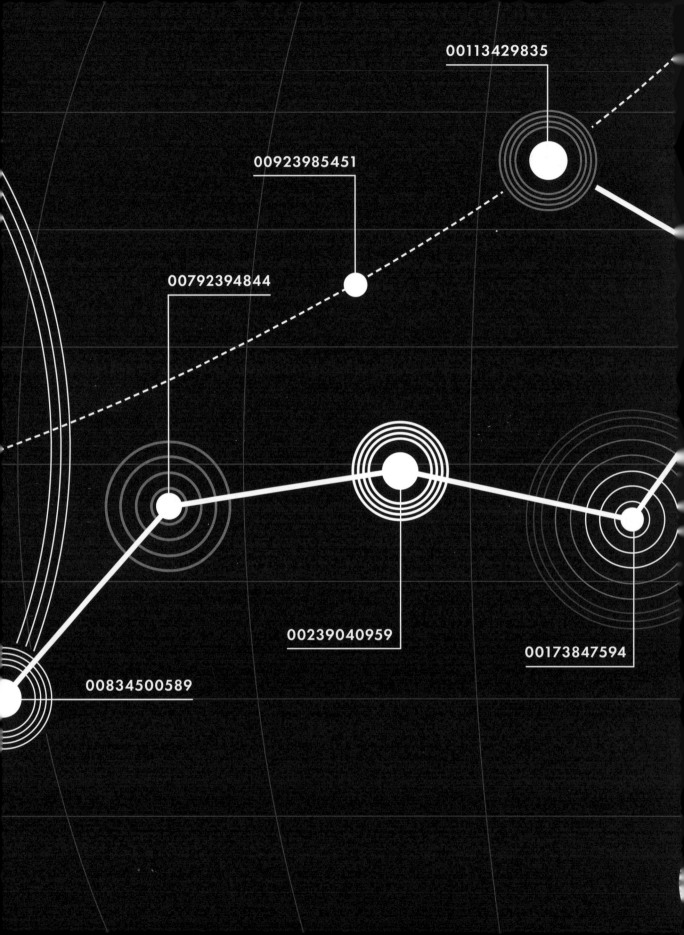

EL MANUAL
DE LA COMISIÓN

EL MANUAL DE LA COMISIÓN

Guía completa de la Comisión para las anomalías temporales

_____

por Auggie Fletcher

GRANTRAVESÍA

ÍNDICE

PRÓLOGO DE NUESTRO FUNDADOR 9

PRESENTACIÓN 11

LA COMISIÓN Y TÚ: ENCUENTRA TU SITIO 13

Operaciones Especiales 13

Tecnología revolucionaria 17

Maletín 17

Riesgos laborales 19
La paradoja de la predestinación 19
La paradoja en bucle 23
La paradoja del abuelo 25
La psicosis paradójica 30

Analistas 38
Cómo hacen lo que hacen 39
La explosión del *Hindenburg* 41
El asesinato de Lincoln 43
La llegada a la Luna 47

Operador de la Centralita del Infinito 51
La Centralita del Infinito 53
Los tubos 53

RR. HH. 55
Los caramelos 57

IN MEMORIAM 59
Hazel y Cha-Cha 61
Los suecos 61
Gloria 63
La Junta 65
A. J. Carmichael 65

LA CULTURA DE LA COMPAÑÍA 69

ALOJAMIENTO Y ATUENDO 73

Manutención 76

PRESUPUESTOS DEPARTAMENTALES 79

ARSENAL Y CAMPO DE BATALLA 81
El insospechadamente venenoso patito de goma 84
Gemelas con nunchakus de tres metros 85
Un simple clip 86

VACACIONES 87

DOSIER DE LA ACADEMIA UMBRELLA 91

ACADEMIA UMBRELLA (Y LILA) 93
Viktor Hargreeves 94
Cinco 96
Allison Hargreeves 100
Klaus Hargreeves 103
Ben Hargreeves 106
Diego Hargreeves 108
Luther Hargreeves 110
Lila Pitts 113
Reginald Hargreeves 116

DOSIER DE LA ACADEMIA SPARROW 119

ACADEMIA SPARROW 121
Sloane Hargreeves 121
Christopher Hargreeves 123
Fei Hargreeves 125
El Ben de los Sparrow 127
Jayme Hargreeves 129
Marcus Hargreeves 131
Alphonso Hargreeves 132

LA LÍNEA TEMPORAL 134

CONCLUSIÓN 139

PRÓLOGO DE NUESTRO FUNDADOR

Cuando me pidieron que escribiera un prólogo para este libro, lo primero que pensé fue: «¿Por qué?». La Comisión funciona como un motor engrasado a la perfección, y lo único que hago yo, el Fundador, es acomodarme en el asiento del acompañante y disfrutar del paseo. Aunque, si lo piensas, ésa es la idea, ¿verdad? Al final, lo importante eres tú; gracias a ti, podemos hacer lo que hacemos. Si estás leyendo estas líneas es por tus facultades extraordinarias; estás a punto de unirte a un grupo selecto de personas que, en el sentido literal, salvan el mundo todos los días.

Sin embargo, ¿cómo se consigue esto? ¿Cómo trazamos el futuro de nuestra organización? Enseñamos cuanto sabemos, transmitimos nuestros conocimientos y aprendemos los unos de los otros. Nos jugamos la vida por el bien común y podemos hacerlo porque estamos preparados. A menudo me preguntan por qué creé la Comisión, y siempre titubeo antes de responder. A veces, uno se siente más seguro cuando mueve los hilos desde las sombras, donde nadie cuestiona tus decisiones. Pero, en el fondo, está muy claro. ¿Por qué deberías consagrar tu vida a una causa que no entiendes del todo?

Creé la Comisión para reparar un universo sometido a un incesante proceso de ruptura, condenado a perderse en el olvido. Lo hice porque era necesario. Vivir es lo único que de verdad hacemos como seres humanos. Y me determiné a que siga siendo así. Con esta guía aprenderás cuanto necesitas saber acerca de la Comisión. Conocerás todos los detalles relativos a nuestra tecnología, nuestras prácticas empresariales y el modo en que encaramos la realidad para hacer del mundo un lugar mejor.

Dicho esto, la verdad innegable es que, al recibir este libro, al unirte a mí en este viaje, ya has llegado muy lejos. Por lo tanto, antes de que empieces, te diré una última cosa:

Gracias.

PRESENTACIÓN

Como gustes.

Bien, supuse que sería apropiado empezar este libro con una presentación. Aunque preferiría no emplear mi nombre. Me han pedido que escriba algo sobre mí para ayudarte durante el proceso de aprendizaje.

Me llamo Auggie Fletcher, y de entre los muchos trabajos vitales con los que la Comisión puede influir en el mundo, se me ha asignado el menos importante: ~~escribir este libro~~. *Borrar.*

Te tienes en muy alta estima, ¿verdad?

No quiero decir que este libro me parezca una nimiedad. Está claro que tiene su mérito, y me referiré a él con el respeto que merece. Aun así, cuando naces para volar, parece una pérdida de tiempo ponerse a enseñarles tus habilidades a los demás, desde cero. En estos momentos, estamos pasando por un «cambio de régimen» en la Comisión, de modo que este libro debe simbolizar una nueva era para nosotros. Por lo tanto, dudo que la agudeza de mi ingenio cuente con la aprobación de mi autoritaria supervisora, Margot Archfield. *!*

Aquí Margot. ¡¿Mi aprobación?! Auggie, has enviado el texto sin esperar a mi visto bueno. Mis notas destilarán la ira de una editora agraviada.

A lo largo de las siguientes páginas, daré mi opinión sobre todas esas cosas de las que los mandamases preferirían que hablara sin rodeos. Relataré multitud de historias acerca de los empleados que se perdieron bajo las arenas del tiempo y, sobre todo, contaré toda la verdad, por fea que pueda ser en ocasiones. Un miembro de la Comisión debe estar siempre preparado para todo y, por ende, no me andaré con remilgos. Cuando termines de leer este libro, contarás con las capacidades necesarias para unirte a esta familia demencial. Te damos la bienvenida de antemano.

Preocupante.

Visto desde fuera, sería razonable imaginar que los distintos departamentos de la Comisión trabajan sin fricciones entre ellos, que actúan al unísono en todo momento. Pues bien, no sucede así.

Amén.

Es imposible que todo el mundo esté al corriente de todo cuanto ocurre aquí, debido a la maldita burocracia. Cuando yo llegué, me inquietaba lo aisladas que estaban las diferentes áreas. En un ámbito donde todo tiene que salir a la perfección al primer intento, me preocupaba que mi formación dejara tanto que desear. Confío en dar lugar a una sinergia entre todos los miembros de la Comisión. Se acabaron los tratos a escondidas, el politiqueo administrativo y el enviar a los agentes al cementerio antes de tiempo. Con este libro, se me brinda la oportunidad de instruir como es debido a la siguiente promoción, a fin de erigir una Comisión más segura y respetable.

Cuando uno de nosotros fracasa, todos fracasamos. Como nuevo miembro, es primordial que te familiarices con las múltiples tareas que se te podrían encomendar aquí, así como con los distintos instrumentos que tendrás a tu disposición. Estos conocimientos podrían salvarte la vida y, mejor aún, podrían salvársela a otras personas.

LA COMISIÓN Y TÚ: ENCUENTRA TU SITIO

OPERACIONES ESPECIALES

Es muy probable que, si estás leyendo esto, te hayas imaginado haciendo algún trabajo de campo, luchando «con los buenos». Y, la verdad sea dicha, los miembros de Operaciones Especiales son los chicos guais; son aquellos que montaban fiestas en plena noche y que podían permitirse faltar a clase porque sus padres tenían un trato (por llamarlo de alguna manera) con los profesores.

Este párrafo rezuma envidia.

Por desgracia para ellos, nuestra profesión es un poco más intensa que un baile con los amiguitos de clase. Con esto quiero decir que la tasa de mortalidad es obscenamente elevada. En concreto, el 19'2 por ciento de los reclutas de Operaciones Especiales morirá antes de cumplir cinco años en el terreno. Existen numerosas causas, desde un accidente de tráfico a un ahogamiento, pasando por un incidente con alguna máquina expendedora, pero besuquearse con el cónyuge de un o una civil es la más habitual, tanto que se aplica a un alarmante 26 por ciento del total de agentes caídos. Así y todo, da mucho más miedo que un hombre o una mujer despechados cuando perdemos a un agente y no volvemos a saber nada de él. <u>Podría estar en cualquier parte, o incluso en cualquier otra época, atrapado en un pasado o en un futuro del que no sabe nada.</u>

Se diría que te alegras. Cuida el tono; esta gente se ocupa de lo más peligroso y merece un respeto.

Con el propósito de moderar estos números, a los agentes de Operaciones Especiales siempre se les detalla con absoluta claridad cuáles son los objetivos de la misión, dónde se les va a extraer y con qué herramientas cuentan para salir de un apuro, pero da la impresión de que a veces prefieren improvisar y dar rienda suelta al artista que llevan dentro, en lugar de limitarse a hacer su trabajo.

FIG. 1 CAUSAS DE MUERTE PARA LOS AGENTES DE OPERACIONES ESPECIALES

41%	Otras.
26%	Disputa conyugal.
17%	Ataque al blanco equivocado.
8%	Aterrizaje en el mar.
5%	Maletín perdido.
3%	Maletín defectuoso.

Quizá peque de gruñón, y, en cierto modo, eso es lo que soy. Los muchachos de Operaciones Especiales constituyen el último elemento de la ecuación, pero cuando estos no actúan con la debida contundencia, todos quedamos mal. No pretendo decir con esto que no existan miembros de Operaciones Especiales a los que respete. Por ejemplo, Cinco es legendario no sólo por sus vistosas capacidades, sino porque siempre cumple con su cometido. Nunca pone excusas ni sale corriendo. Es la eficiencia personificada. La finalidad de este libro es formar a los nuevos reclutas para que se comporten del mismo modo, para que se ciñan a lo que se les pide y midan bien sus pasos. Es una tarea casi imposible de llevar a cabo para muchos de los que ocupan este puesto, gente egoísta a más no poder y dispuesta a olvidarse del plan y correr riesgos innecesarios. Me gustaría poner fin a todo eso. Si puedo contribuir a rebajar la tasa de mortalidad de las nuevas incorporaciones, a acabar con su tendencia a apartarse de la misión en curso y a ponerse en peligro además de atentar contra la integridad de la línea temporal, habré hecho mi trabajo.

Pese a mis (justificadas) críticas, Operaciones Especiales desempeña un papel de vital importancia para la Comisión. Son como un cuchillo para la carne (una carne cocinada a la perfección y que se les sirve en bandeja de plata, pero esa ya es otra historia).

Por lo general, los equipos de Operaciones Especiales se componen de dos agentes y cuentan con un maletín que les proporciona la compañía, el cual les permitirá trasladarse en el tiempo y servirá para que se los pueda extraer en cualquier momento. En función del emplazamiento de la misión, o de las probabilidades de que se encuentren con un miembro de la Academia Umbrella o de la Sparrow, también se les pueden facilitar otras herramientas especializadas de las que se hablará más adelante.

No sé por qué lo dices.

Por fin un poco de lógica. ¡Sigue así!

Auggie, no entiendo el tonito quejumbroso. Esta gente se juega la vida para que todo marche sobre ruedas. Revísese en próximas ediciones.

LA COMISIÓN Y TÚ

El candidato ideal de Operaciones Especiales debe ser valiente y estar dispuesto a tomar decisiones difíciles bajo presión. Debe saber aclimatarse cuanto antes a los nuevos entornos y cumplir unas órdenes que quizá no siempre entienda. Por último, y éste es un requisito fundamental para el cargo, también debe estar dispuesto a matar en el acto, sin que importe a quién, a qué, por qué ni cuándo, a fin de salvaguardar la línea temporal correcta.

Pero pasemos a los pormenores técnicos. Existe una cierta creencia errónea acerca del departamento de Operaciones Especiales, de modo que me he propuesto aclarar las cosas. Sería fácil pensar que un agente bien entrenado es, básicamente, un asesino con encanto, pero nada más lejos de la realidad. Si bien es cierto que en buena parte de las misiones de Operaciones Especiales hace falta eliminar al objetivo, a un agente se le puede enviar sólo para que tumbe a una vaca o para que le robe un caramelo a un niño. La cuestión es que a los agentes se les encarga que influyan en la línea temporal de formas muy específicas, y da la casualidad de que, con frecuencia, un balazo en la frente es la mejor manera de solucionar los problemas.

No desdeñemos la necesidad que tienen de matar. Por favor.

¡El Fundador te tenga en su gloria!

Sin embargo, la situación se complica cuando al agente se le asigna una tarea que considera menor. Imaginemos que a un jugador de béisbol profesional se le pide que se integre en la liga infantil; dudo que le hiciera ninguna gracia. Del mismo modo, cuando a un agente con veintiséis cadáveres en su haber se le ordena que entregue una tarta de cumpleaños en una fiesta para niños… En fin, ahí es cuando empieza a improvisar y las cosas se tuercen.

Durante el adiestramiento, a los reclutas jóvenes se les inculca que su trabajo no consiste sino en llevar a cabo todo tipo de encomiendas, ni más ni menos. Para ayudarlos a asimilarlo, se les ponen diversos ejercicios, como el de abrirle la puerta al Enlace, recoger el correo de ésta o hacerle la colada. A lo largo del riguroso itinerario, muchos reclutas se preguntan por qué se les obliga a pasar por este suplicio, y el Enlace siempre les explica con calma que ellos sólo son un eslabón de una cadena muy larga (el medio por el que llegar al fin), y que, si no aprenden a hacer bien las cosas más sencillas, ¿cómo van a enfrentarse a todo un gobierno? Por increíble que parezca, esta charla motivacional sí que inspira a algunos de los principiantes (a los más masoquistas). En realidad, el Enlace siempre necesita a alguien que le ayude con su vida personal.

Parece que te lo estás inventando. Excesivo.

Me gusta su iniciativa.

A continuación, detallo el perfil del agente típico de Operaciones Especiales. Espero que a los reclutas os sirva para haceros una mejor idea de qué puesto queréis ocupar dentro de la Comisión.

15

PERFIL: OPERACIONES ESPECIALES – ROBERT KINGSLEY

«Sea como sea».

Misiones cumplidas: **42**
Tasa de cumplimiento: **83%**
Bajas civiles: **132**
Conciencia: **clara**
Papel en el instituto: **el colega**
Película favorita: ***El precio del poder** (Caracortada)*

ATRIBUTOS
- Agresivo
- Viajero
- Solucionador de problemas
- Ética laboral de la muerte

OBJETIVOS
- Eliminar a los objetivos
- Restablecer la línea temporal
- Regresar vivo a casa

FRUSTRACIONES
- La Academia Umbrella y la Sparrow
- Los santurrones
- Los gemelos idénticos

TECNOLOGÍA
- Maletín
- Púas de puercoespín venenosas

BIOGRAFÍA
Robert Kingsley es uno de los agentes de Operaciones Especiales que actúan con más limpieza. Una tasa de cumplimiento del 83 por ciento es algo inaudito, y, con sólo 132 bajas civiles, apenas ha alterado la línea temporal. El arma al que más recurre es un puercoespín al que llama Porky. Cuando se dispone a eliminar a su objetivo, Robert le pide que le aguante al animal, y a partir de ahí todo va rodado. No tiene un aspecto amenazador, lo que le facilita bastante el trabajo, puesto que los adversarios no lo consideran peligroso hasta que ya es demasiado tarde.

PERSONALIDAD

INTROVERTIDO	·············⋈·····	EXTROVERTIDO
INTUITIVO	·······⋈············	ANALÍTICO
REFLEXIVO	···············⋈···	EMOTIVO
JUICIOSO	·····⋈··············	PERCEPTIVO

LA COMISIÓN Y TÚ

TECNOLOGÍA REVOLUCIONARIA

Todo el mundo quiere saber más sobre nuestra tecnología, como no podía ser de otro modo. Es lo que nos caracteriza. Y por un buen motivo. Los agentes de la Comisión son, en el fondo, gente normal. Tal vez sean expertos luchadores o estrategas sin parangón, pero siguen poniéndose los pantalones metiendo primero una pierna y después la otra. Nuestra tecnología sirve para dotar al hombre y la mujer corrientes de unas capacidades extraordinarias.

Busquemos un ejemplo más elegante. Son nuestros héroes.

~~Tal vez sospeches que aquí pasa algo raro, que hacemos lo que hacemos por arte de magia, o gracias a Dios o algo por el estilo.~~ Pues te aseguro que aquí no hay nada de eso. Todos nuestros métodos cuentan con una base científica porque sólo en la ciencia, y nada más que en la ciencia, se puede confiar al cien por cien.

Borrar.

En el caso de Operaciones Especiales, está claro qué tipo de tecnología emplean los agentes para cumplir sus objetivos.

MALETÍN

Es imposible hablar de Operaciones Especiales sin mencionar el maletín. No se entiende una parte sin la otra, como la crema de cacahuete y la jalea, o como el Enlace y los almuerzos de tres horas. A todos los agentes de Operaciones Especiales se los envía al terreno equipados con este dispositivo milagroso. Puede parar el tiempo y recorrerlo, y por qué no decirlo, le da un toque sofisticado a quien lo lleve. Pero ¿cómo funciona? Te contaré un secreto: no tengo ni idea.

Pero ¿qué te ha hecho esta mujer?

¡Es broma! Durante las primeras fases del adiestramiento existía la preocupación de que a los reclutas les costara asimilar determinados conceptos, algo que podría impedirles tomar verdadera conciencia del poder que su oficio les confiere. Por lo tanto, se decidió que debíamos utilizar una mascota, según adujeron, para «dárselo todo masticadito a los novatos». Y así es como se creó <u>esta abominación</u>.

¡¡El señor Maletín es un tesoro nacional!! No toleraré semejante calumnia.

En sus orígenes, el señor Maletín era el avatar que representaba a la anterior cúpula, una figura amigable de expresión tontorrona que, tal y como se acabó comprobando, no tenía la menor utilidad. Era la solución a la que se recurría cada vez que alguien preguntaba cómo funcionaba todo esto. Si a un recluta le surgía alguna duda, se le recomendaba que viera un vídeo de 540 segundos en el que el señor Maletín afirmaba ser <u>el recurso educativo más completo</u> de la Comisión.

¡Porque lo es! ¿No estarás cuestionando a nuestros superiores?

En realidad, el vídeo no despejaba todos los interrogantes, por lo que, antes de que se escribiera este libro, los reclutas no tenían un conocimiento exhaustivo de cómo funcionaba nada aquí. Eran como pilotos de coches de carreras a los mandos de un caza. Los resultados, como ocurre siempre que se sigue un plan mal concebido, fueron desastrosos. ~~Perdimos a muchos agentes por culpa de los maletines defectuosos, dado que no tenían manera de saber cómo volver a casa.~~

Conjeturas. Borrar.

Discúlpame si divago. Lo que quiero decir con todo esto es que viajar en el tiempo es un proceso harto complejo. Resulta muy difícil explicar cómo es nuestra tecnología sin el apoyo de un lema ingenioso ni un dibujo simpático. Pero he prometido que intentaría hacerme entender.

¿Has oído hablar de la navaja de Occam, ese principio según el cual, en ocasiones, la explicación más sencilla es la acertada? Pues bien, alguien necesita un afeitado, porque acaba de aparecer una navaja en mi mano.

LA COMISIÓN Y TÚ   19

Al igual que Cinco, el Fundador se convirtió en un hábil viajero del tiempo. Mientras que Cinco usa su cuerpo a modo de conducto, frágil y poco fiable, el maletín está conectado a un ordenador, preciso e infalible. Cuando se emplea un maletín, mueves los diales para configurar el punto exacto de la línea temporal al que quieres ir y, sin más, desapareces. Sin despeinarte. Sin cuentos. Los diales encauzan los datos históricos que se almacenan en la Centralita del Infinito para que el salto se efectúe sin errores. Cuando algo estropea los mandos, como, por ejemplo, una bala perdida o un sándwich con demasiada salsa, la conexión puede cortarse. Esto hace que algunos agentes terminen extraviándose en una ubicación o una época imprevistas.

En resumen, el método que se utiliza para viajar en el tiempo (cuando las cosas se hacen bien) es relativamente sencillo. Por ello es muy importante tener claro qué está permitido y qué está prohibido al transitar de una línea temporal a otra. Recuerda: lo que causa los problemas no es la tecnología en sí, sino su mal uso.

Pero ¿de verdad sabes cómo funciona el maletín o son meras suposiciones? Parece que te lo hayas inventado. Revisar.

RIESGOS LABORALES

Tal vez suene reiterativo, pero intentaré decirlo de otro modo: viajar en el tiempo puede ser un proceso muy perjudicial e inclemente. Aun cuando se toman todas las precauciones, las probabilidades de que algo vaya mal siguen siendo muy elevadas. En esta sección se detallarán las paradojas que los agentes de Operaciones Especiales suelen experimentar en el terreno. Confiamos en que, al conocerlas, te sea más fácil mantener íntegra la línea temporal.

La paradoja de la predestinación

En realidad, nadie sabe nada. Ésa es la verdad insoportable del universo. Sabemos lo que nos cuentan y lo que aprendemos de aquellos que aprendieron de otros. El jueguecito del teléfono fue lo que dio origen a la era de la comunicación. La palabra viaja de boca en boca hasta que la leyenda se convierte en hecho. ¿No radica ahí la belleza de este mundo, en estar convencido de que algo es cierto hasta que te das cuenta de que te equivocabas? La Tierra era plana hasta que dejó de serlo. El Sol daba vueltas a nuestro alrededor y la mujer viene de una costilla de Adán. Nada nos parecería divertido si fuera fácil y evidente. Siempre queda algo por descubrir, por aprender. Sobre todo aquí, donde el infinito es la realidad.

Al grano.

Esto nos lleva al caso de Cassidy Cartwright, alias la Tragedia. Cualquier miembro de la Comisión te dirá que es la peor agente de campo que hemos visto nunca, y si sólo te fijaras en los números, comprobarías que es así. Acumulaba cero bajas confirmadas y no llegó a cumplir ni una sola de las misiones que se le asignaron. Si somos objetivos y racionales, podemos afirmar que Cassidy era pésima en su trabajo. Y te aseguro que la gente se encargaba de recordárselo. Una y otra vez, los compañeros de la Comisión dejaban lo que tenían entre manos para salirle al paso y reírse a carcajadas de su lamentable récord. En un momento dado, incluso le escondieron el maletín y sobornaron a la encargada de enviar los mensajes por el sistema de tubos, Gloria, para que le remitiera unas notas en las que se decía que la Comisión estaría mejor sin ella.

Abróchense los cinturones.

Pero yo decidí profundizar en el asunto. Cassidy era una recluta de alto nivel. Diantres, se podría haber escrito un libro con todo lo que sabía. Entonces ¿por qué se le daba tan mal el trabajo de campo? Como no le veía ningún sentido, seguí investigando. Usé la contraseña que saqué de los archivos del Enlace cuando trabajaba para ella, con la intención de echarle un vistazo a su expediente. Así averigüé que antes de que se uniera a la Comisión, mataron a su hijo cuando éste intentó reducir al atracador que pretendía asaltarla. Se produjo un forcejeo por la pistola. El arma se disparó. El atracador huyó y Cassidy se quedó viendo como su hijo se desangraba, sin que ella pudiera impedirlo. Según el informe, permaneció allí inmóvil, sosteniendo el cadáver sobre sus rodillas durante cuatro horas y mascullando para sus adentros: «Tengo que volver. Tengo que volver».

¿Que hiciste qué?

Esta obsesión por dar marcha atrás en el tiempo, el deseo de cambiar el pasado para mejorar el futuro, entró en el radar de la Comisión como un tren de mercancías. Aquí teníamos a una mujer libre de toda responsabilidad decidida a luchar por el bien.

¡Menudo caramelito! Al menos, eso es lo que debieron de pensar las sanguijuelas miopes de la Junta. Cuando llegó a la Comisión, parecía que hubiera nacido de nuevo. Nadie estudiaba con más ahínco ni mostraba tanto respeto por los valores de la organización como ella. Quería ser agente de campo, y nadie veía ningún motivo para negarle el puesto.

Nuestra mente nublada nos llevó a considerarla una ferviente defensora de la causa. «Es la mejor de todos nosotros», aseguraban algunos. Pero ella tenía muy claro su verdadero propósito: recuperar a su hijo.

Exageración.

Con el tiempo, el sacrificio dio sus frutos y le encomendaron una misión. Debía eliminar a un vendedor de flores con el fin de desencadenar el ataque contra Pearl Harbor, pero no hizo ningún caso a las indicaciones del informe que le entregaron. De hecho, podrían haberla enviado al mismísimo infierno, que ella se habría limitado igualmente a sonreír, asentir y asegurar una y otra vez que entendía las instrucciones a la perfección, todo con tal de salir de aquella sala. Sólo tenía un destino en mente, el callejón semidesierto donde su vida cambió hacía ya tanto tiempo.

Sin embargo, como decíamos, viajar en el tiempo es un juego peligroso, tan predecible como impredecible. Cassidy debía de conocer los riesgos antes incluso de partir, pero, qué narices, merecía la pena intentarlo. Si la muerte de su hijo había arrasado su vida por completo, ¿por qué lo imposible no iba a poder ocurrir dos veces? Esto nos lleva a los fundamentos de la paradoja de la predestinación, la ley según la cual siempre tendrá el mismo resultado volver al pasado e intentar cambiar algo que hizo que tú en concreto te encontraras allí. En términos científicos, la hipótesis de la protección de la línea temporal sostiene que todo intento de alterar aquélla provocará una distorsión de las probabilidades para protegerla. Además, podría producirse un evento muy improbable para que no tenga lugar un suceso paradójico e imposible. La línea temporal luchará para protegerse.

Cassidy sólo podría retroceder en el tiempo para salvar a su hijo si lo viera pasar. Es decir, cada vez que retrocedía para salvarlo, el resultado era el mismo. Siempre llegaba tarde; la pistola se disparaba y ella se quedaba allí sufriendo. Pero cada vez que se le asignaba una nueva misión, volvía a intentarlo. Así una y otra vez. Hasta que la expulsaron de la Comisión, pues no podía negarse que había sido un fracaso lamentable.

Es lo que intento decir con este manual, aunque no sé si llegará a imprimirse. Ocupamos un lugar muy específico del universo. Podemos acceder a infinidad de líneas temporales. Tenemos el mundo entero al alcance de la mano en todo momento, pero no dejamos de esforzarnos por ponernos límites. Nos obligamos a pensar como los demás para encajar en la sociedad, sin preguntarnos por qué nos sentimos como nos sentimos, cuando aquellos que nos convencieron tampoco llegaron a planteárselo. Es un bucle salvaje. La cuestión es que perdimos a Cassidy Cartwright hace tres años. Era el blanco de todas las burlas y no le importaba a nadie. <u>Salvo a mí.</u>

> *No le dediques tanto tiempo a Cassidy, mejor inviértelo en cualquier otra cosa.*
>
> *Si me dieran un centavo por cada error que hemos cometido, sería millonaria, pero te digo lo mismo de nuestros éxitos. ¿Entiendes? Éste es el juego del infinito. No te obceques con ninguna pérdida en concreto.*

DE LA OFICINA DEL FUNDADOR

Conocí a Cassidy cuando era todavía una recluta novata. No había nadie más centrado; la Junta sugirió que me reuniera con ella, conforme a nuestra política de acercamiento con las estrellas jóvenes. Vi en sus ojos algo que nadie más veía: dolor. Un dolor infinito. Cassidy y yo nos entendíamos el uno al otro.

Teníamos un mismo objetivo y consagramos nuestra vida a alcanzarlo.

El trato que Cassidy recibió por parte de sus compañeros fue por completo inaceptable. Intenté ponerle fin, pero a veces me siento como Rapunzel, atrapado en lo alto de una torre en la cima de una colina, tan lejos de todo que nadie me oye pedir auxilio. Ojalá pudiera haber hecho algo más por ella. Se lo merecía.

A menudo pienso en su caso cuando estoy a solas. Me recuerda lo mucho que deseo que este experimento de locos salga bien. Daría lo que fuera por volver atrás. Por volver a una época en la que no hacía falta que hubiera gente como Cassidy. Gente que, sin necesidad alguna, insistía en golpearse la cabeza contra la pared con la esperanza de cambiar las cosas y hacer posible un mundo mejor. La comprendo perfectamente, por si aún no estaba claro. Era más lista que yo, más tenaz en el trabajo, y mostraba más interés por todo. Y, aun así, fracasó.

No quiero darle más vueltas.

Gracias por este pasaje, Auggie.

LA COMISIÓN Y TÚ

La paradoja en bucle

No todas las historias sobre la Comisión y los viajes en el tiempo son tan emotivas y desgarradoras. De hecho, casi ninguna lo es. Entrégale a una gente que acumula un gran poder un dispositivo que la salve de su justo castigo y, en fin, verás como las cosas se ponen muy feas.

Antes incluso de que me encargaran escribir este libro, me preocupaba lo que puede ocurrir cuando esos agentes a los que calificamos de «galanes» entablan una relación con alguien a quien han conocido durante sus viajes. Y, como era de imaginar, las consecuencias no sólo son desastrosas, sino que además se repiten con una frecuencia desoladora. Al igual que un niño que se apropia de todos los caramelos cuando llega por Halloween a una casa en cuya entrada hay un cesto desatendido, algunos no pueden evitar caer en la tentación. Y esto nos lleva a la paradoja en bucle.

Analicémoslo con la ayuda del célebre físico Albert Einstein, cuyas teorías se enseñan de forma periódica en la Comisión a modo de curso introductorio. La teoría de la relatividad nos dice que podemos desplazarnos al futuro casi sin impedimentos. Regresar al pasado, por el contrario, da lugar a multitud de paradojas. Cierto, eso ya lo sabíamos, de modo que pasemos a los detalles. Supongamos que un viajero del tiempo retrocede varias décadas y le enseña la teoría de la relatividad a Einstein antes de volver a la actualidad. Einstein asegura que él es el autor de la teoría, y durante años se imprimen infinidad de copias, hasta que una llega a manos del viajero del tiempo, quien se la lleva al científico, al que le pregunta: «¿Cómo surgió esta teoría?». No se puede decir que la desarrollara el viajero del tiempo, dado que éste la aprendió de Einstein, pero tampoco sería acertado afirmar que la concibió el científico, quien la conoció gracias al viajero. Esta situación da origen a un bucle causal y plantea un interrogante: ¿quién ideó realmente la teoría de la relatividad? La respuesta es, en primer lugar, que no lo sabemos, y, en segundo lugar, que la línea temporal se verá afectada por la imposibilidad de resolver la duda.

Pero ¿cómo hace la Comisión para integrar esto en sus ecuaciones? ¿No nos esforzamos siempre por borrar nuestro rastro? Por desgracia, algunos agentes han dejado descendencia durante sus misiones, lo que supone un grave problema. En pocas palabras, si un agente tiene un niño y después abandona esa línea temporal, uno de los padres de la criatura no habrá existido nunca, y eso ejerce una fuerte presión en la línea temporal. Por eso, una de las directrices más estrictas de la Comisión incide en que los agentes de Operaciones Especiales se abstengan de intimar con nadie antes de

Veo que lo vas entendiendo.

Triste pero cierto; quizá convenga suprimir este párrafo, para no dar ideas.

~~haber cumplido su misión, bajo ninguna circunstancia. Como cabía esperar, se trata de una regla que, en el mejor de los casos, se ignora, y en el peor, se desobedece.~~ *Cortar esto también.*

De hecho, un agente llegó a burlarse sin disimulo de esta norma. Tenía buena planta, era carismático y, para qué negarlo, te lo pasabas muy bien con él. Verás, se llamaba Clinton West, nombre que llevaba con orgullo. Era el típico que iba por su cuenta; aunque cumplía todas las misiones que se le asignaban, siempre aprovechaba las salidas para divertirse. Juntaba a los chicos en una sala de descanso y se ponía a relatar sus conquistas con todo lujo de detalles, pero lo que nunca confesaba es que a esas mujeres les pedía que llevaran el embarazo a término, a toda costa. Les prometía dinero, poder y todo lo que hiciera falta para convencerlas. Después no volvían a verlo nunca más. Ésta era la manera insensata que Clinton tenía de dejar huella en este mundo.

¿Existe algún modo más narcisista de afrontar los problemas?

En fin, Clinton se volvió cada vez más codicioso. Se puso por objetivo dormir con una mujer de cada década del siglo xx. Al principio le fue bien. Todo le estaba saliendo a pedir de boca. Pero las cosas se torcieron cuando una de sus «compañeras» de Australia dio a luz a un niño que maltrató a un emú en 1932. El incidente desembocó en la insólita y espantosa Guerra del Emú, episodio que <u>a punto estuvo de hacer postrarse de rodillas a todo un continente.</u> Tras el suceso, se hicieron algunos recortes y a Clinton se le dio una indemnización por despido, para, a continuación, enviarlo al corazón de la selva de Tasmania, para que se las apañara como pudiese hasta que la naturaleza decidiera vengarse. Finalmente, <u>la Comisión le echó coraje</u> y empezó a cambiar su política, prescindiendo de los «juerguistas» a los que solían recurrir y pasando a contratar a los asesinos en serie más centrados. ¡Es broma! Los asesinos normales les valían. *Suena a conjetura. Abstenerse de ello.*

No obstante, hay quienes consideran esta doctrina como un acto despótico, un recordatorio de que mamá y papá te vigilan de cerca, de modo que ay de ti si osas saltarte las normas. Es muy irónico que la gente se queje de que sus superiores los traten con paternalismo, cuando nunca se han parado a pensar por qué tuvo que aplicarse esa doctrina. Así que lo diré con toda la claridad posible: en situaciones como ésta, hay que cumplir hasta la última coma del reglamento, sin excepción. Privar a una criatura de su padre o su madre es algo indecente, por no hablar de cómo afecta a la línea temporal. En la Comisión desempeñamos una función muy específica a escala planetaria. <u>Estamos aquí para ayudar a que el mundo siga girando sobre su eje, no para hacer palanca allí donde mejor nos parezca.</u> *Un detalle por tu parte. Todo el que nos complique la vida a propósito debería ser expulsado de la organización.*

No quiero que te acostumbres, pero te felicito por tu prosa.

La paradoja del abuelo

Este manual describe un amplio abanico de problemas y escollos que soslayar, pero hay algo que se debe evitar a toda costa, ya que puede provocar que todo se venga abajo. Es una situación irreversible, la paradoja del abuelo.

La paradoja del abuelo, en el contexto de una línea temporal, es el equivalente a la campana de alarma que suena cuando acontece un desastre. Se equipara a esas ocasiones en las que enfermas y te asalta el impulso de vomitar. Indica que algo ha salido mal y que tienes que empezar de cero.

En efecto, Auggie, el colapso de una línea temporal es tan malo como beber demasiado licor de menta.

Veamos por qué. ¿Qué característica de esta paradoja puede destrozar la línea temporal con tanta brutalidad? El nombre hace referencia a una situación hipotética en la que una persona retrocede en el tiempo y mata a su abuelo cuando éste aún no había tenido hijos, de tal manera que esa persona imposibilita su propio nacimiento. Sin embargo, la Comisión no trabaja con hipótesis. Aunque hayas previsto todos los resultados imaginables, a menudo ocurre algo improbable. Entonces ¿qué ocurre después? ¿Salta todo por los aires? No, en principio no

Dicho en pocas palabras, la ruptura origina un *kugelblitz* insaciable que lo va engullendo todo hasta que el mundo se pliega sobre sí mismo. Como empleado de la Comisión, lo primero que debes hacer si te encuentras con un *kugelblitz* es regresar de inmediato a nuestras instalaciones (no intentes salvar a nadie en esa línea temporal, porque todos sus habitantes están condenados). Cuando hayas regresado, informa cuanto antes al Fundador, que te indicará cómo proceder a continuación.

Apórtese alguna prueba.

Circulan ciertos rumores sobre lo que el Fundador les dice a quienes se topan con un *kugelblitz*. Muy pocos han experimentado este fenómeno, y los que han sobrevivido a él no siempre son muy parlanchines. La teoría más aceptada sostiene que el *kugelblitz* es un fin natural a las anomalías que provocamos al viajar en el tiempo. Más adelante te mostraré los diagramas de flujo que los analistas emplean para calcular los cambios que se necesitará introducir, y te harás una mejor idea de lo que implica que una línea temporal se fragmente.

Es cierto lo que se cuenta del universo, en cuanto a que está sometido a una expansión incesante, pero nunca se menciona que también se contrae. A medida que surgen las nuevas líneas temporales, otras acabarán sucumbiendo a la paradoja del abuelo, la cual generará el *kugelblitz* que hará imposible la existencia del universo. El yin y el yang.

Todo esto, desde luego, son meras conjeturas, pero para mí tienen sentido. Aquí nos limitamos a hacer todo lo posible para minimizar ese astillamiento, zambulléndolos en la piscina de cabeza y no como una destructiva bala de cañón, a fin de que las aguas permanezcan en calma. Procuramos limitar la expansión, porque sabemos que derivará en la creación de otros mundos que con el tiempo colapsarán sobre sí mismos. Cuando tocamos lo que no debemos al reparar el pasado, <u>los universos arden</u>.

Este capítulo me ha hecho considerar qué clase de hombre es el Fundador. Nunca me he reunido con él; de hecho, muy pocos lo han visto en persona, y, de los que sí lo conocen, casi ninguno habla sobre esos encuentros. ¿Es un hombre optimista? Es como si intentáramos ganar en un juego imposible, de modo que cuando perdemos, perdemos a lo grande. Me pregunto si el Fundador es consciente de eso, si sabe que intentar salvar un mundo supondría la destrucción de muchos otros.

Me viene a la cabeza Cinco, el único capaz de hacerle frente a la Comisión. Me pregunto si no guardarán una relación más estrecha de lo que imaginamos. Pido disculpas si estas especulaciones no vienen a cuento, pero aquí nos enseñan a cuestionarlo todo para entender cómo funcionan de verdad las cosas. Y eso es lo que hago.

¿Y si Cinco existía en una línea temporal de origen puro, pero viajó atrás en el tiempo para salvar a alguien (porque, como sabemos, es capaz de cualquier cosa por su familia)? Durante el proceso, quizá abriera una grieta en la línea temporal originaria. Las astillas habrían generado otras ramificaciones alternativas, las cuales podrían derivar algún día en el desmoronamiento de sus respectivos universos. Un ciclo repetitivo de muerte perpetua. Pero tal vez Cinco lo tenía previsto y conocía de sobra las consecuencias de su decisión.

Es probable que después, este Cinco original usara sus poderes para fundar la Comisión, una organización dedicada a revertir las situaciones irreversibles, a dejarlo todo tal y como estaba, a fin de que esa línea temporal se asemejara más a la original.

Conseguir algo así equivaldría a pedirle a alguien que cruzara a nado el océano Pacífico con una venda en los ojos y un tiburón en los talones. Sería irrealizable. En el fondo, admito que lo que hacemos es imposible. Sé que no es el mejor sistema de reclutamiento y que habría que dejarlo fuera de este manual, pero luchamos por una causa perdida y es difícil que alcancemos la victoria. Aun así, merece la pena que lo intentemos, porque cualquier reparación que efectuemos en una línea temporal, por nimia que sea, podría suponer la salvación de miles de millones de vidas. Para nosotros, la lucha sí merece la pena. Aunque sepamos que no ganaremos la guerra, haremos lo imposible y sólo pedimos un poco de ayuda para persistir en nuestro empeño.

Notas al margen (manuscritas):

Uf, Auggie.

Demasiado negativo.

Sólo por esta vez, te enseñaré la manera correcta de escribir una sección y pondré una página de la edición de tu predecesor. → Si en adelante tus textos no llegan al nivel aquí establecido, tendré que retirarte del proyecto.

CAPÍTULO LXVIII

LA PARADOJA DEL ABUELO

INTRODUCCIÓN

Las anomalías temporales han existido desde el origen de los tiempos. El surgimiento de la Comisión es lo que nos ha permitido entender e investigar las inconsistencias que pueden darse (y que, de hecho, se dan) en la línea temporal. Sin embargo, antes de poder manipular el tiempo por nuestros propios medios, tuvimos que ahondar en el origen de las anomalías temporales. La existencia de éstas y los conocimientos que obtuvimos sobre ellas se enraízan en la tradición espiritual de la historia de la humanidad.

Durante siglos, la tradición oral nos ha permitido acceder a distintas historias que tratan sobre la gente que sabe de estas anomalías. Las primeras sociedades calificaban a esas personas de religiosas o espirituales, puesto que aseguraban que podían ver el futuro. En realidad, sus habilidades predictivas derivaban de su capacidad para viajar en el tiempo. Por lo tanto, no tenían el don de la clarividencia, sino que, sencillamente, podían hacer lo que nosotros hacemos hoy en la Comisión. La Comisión es lo que nos permitió domesticar y organizar ese poder, y así se convirtió en el lugar donde se controla todo.

No obstante, las anomalías más severas se producían cuando alguien hacía mal su trabajo y transitaba a una línea temporal restringida. Y, a menudo, las cosas del amor han sido el desencadenante de los perjuicios más graves. Las emociones pueden nublar el juicio a una persona y llevarla a tomar una decisión incompatible con la correspondiente línea temporal. Las consecuencias serían desastrosas. Gracias al progreso de la civilización, podemos corregir los errores de los bucles causales, de tal manera que ya apenas acaecen hechos caóticos en nuestro mundo. La Comisión, una institución que se sostiene sobre una estructura perfecta, ha acabado casi por completo con las anomalías temporales. Y si tuviera lugar alguna, esta guía desgranará la mejor manera de poner fin al caos resultante.

TEORÍA

Los primeros ejemplos de las anomalías temporales se observan en los acontecimientos más conocidos de la historia del ser humano. Puede decirse que uno de estos hechos es la muerte y resurrección de Jesucristo. Si bien la mitología cristiana sostiene que al cabo de tres días revivió para convertirse en un dios, los empleados de la Comisión saben que el suceso se debió a una simple anomalía temporal; su muerte no debía acontecer en esa línea temporal, por lo que se vio obligado a arreglar el desajuste volviendo a la vida.

Ésta es una de las mayores meteduras de pata de la historia de la Comisión (aunque debemos añadir que se produjo antes de que llegaran los actuales directivos). Resulta deprimente ver cómo los extremistas religiosos se

LA PARADOJA DEL ABUELO

PASO UNO
Nazco

PASO DOS
Construyo una máquina del tiempo

PASO TRES
Viajo atrás en el tiempo y mato a mi abuelo

PASO CUATRO
No nazco nunca

PASO CINCO
No puedo matar a mi abuelo

PASO SEIS
Mi abuelo vive

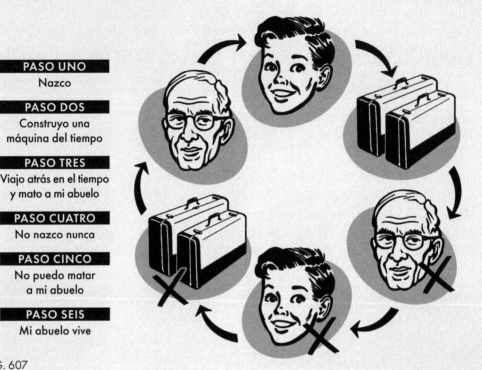

FIG. 607

han aprovechado de esta pifia para prolongar los conflictos y las guerras a lo largo de los siglos, y por ello actuamos con toda la precaución posible, a fin de no repetir este tipo de errores.

En la Comisión nos tomamos muy en serio la prevención de las anomalías. Es vital que todo el que desee evitar este tipo de fisuras tome medidas y se prepare para que el resultado sea óptimo. Este dosier sirve como manual de instrucciones (y también puede ser una especie de guía de supervivencia) relativo a este asunto. Con el propósito de evitar la anomalía más atroz de todas, conocida por el nombre de «complejo del abuelo», hay que mantener los ojos bien abiertos al viajar por el tiempo y tener en cuenta que cada uno de nuestros actos podría alterar los sucesos futuros de cualquier línea temporal. Tal y como se representa en la película de 2008 *Dos vidas en un instante (Sliding Doors)*, protagonizada por Gwyneth Paltrow, la estrella de Goop, una compañía dedicada al bienestar, toda acción equivocada puede ocasionar una calamidad.

Para que no se produzca una paradoja del abuelo, hay que cerciorarse de que todo vaya según lo planeado en lo referente a los que viven y los que mueren. Porque, si alguien que debe morir se salva, o viceversa, se podría desencadenar un complejo del abuelo. Podríamos definirlo de este modo: la paradoja del abuelo es un problema lógico que podría tener lugar cuando alguien viaja al pasado. El nombre deriva del supuesto de que si esa persona retrocede a una época en que su abuelo aún no tenía hijos y lo mata, ese viajero del tiempo ya no podría nacer. Por eso la regla número uno de la prevención de anomalías temporales es que el viajero controle sus emociones con mano de hierro, o que sepa vivir sin emocionarse nunca en exceso. En el pasado, las paradojas del abuelo solían darse porque los empleados de la Comisión anteponían sus sentimientos a su trabajo.

PROTOCOLO

En el improbable caso de una paradoja del abuelo, el Fundador y todo personal esencial deberán permanecer recluidos en el búnker de operaciones.

La paradoja del abuelo podría conllevar el solapamiento de distintas líneas temporales del universo. Estas líneas temporales podrían desarrollarse en paralelo e incluso confluir en un momento dado. Para más información acerca de este tema, consulta el Anexo 22 del manual, el cual trata sobre la convergencia de las líneas temporales y los protocolos asociados.

ADVERTENCIAS Y EFECTOS SECUNDARIOS

Sosias — La aparición de un sosias, aunque en un primer momento pueda resultar fascinante, es una urgente señal de alarma, por lo que conviene evitarla a toda costa. Los sosias pueden ser dos seres idénticos (humanos o de cualquier otra naturaleza) procedentes de distintas líneas temporales, pero en la lista también entran los objetos inanimados que recojan los recuerdos de una persona o de alguna criatura, tales como una fotografía, un regalo, un mueble, una prenda de ropa y otros bienes textiles. Si ves que un objeto se prende de forma espontánea, se recomienda que, por seguridad, informes al cuartel general para que te confirmen si se ha producido o no una paradoja del abuelo. La situación difiere en gran medida en el caso de los sosias humanos. Cuando te halles cerca de un sosias humano, experimentarás una serie de síntomas inconfundibles allí donde estés (como, por ejemplo, picor, hinchazón y sarpullido), salvo en el búnker de operaciones. Sin embargo, si no te alejas de inmediato, es probable que tú o tu doble sufráis una psicosis paradójica.

Psicosis paradójica — Un estado potencialmente letal que se origina a partir de distintos factores relacionados con la generación de una o de múltiples paradojas. Los síntomas se agravan cuando un conjunto de fuerzas, bien idénticas, bien opuestas, coinciden en un determinado entorno. Presta atención a los sosias, los *déjà vues*, los patrones de sueño irregulares y la fatiga sin motivo aparente. La sintomatología se compone de enrojecimiento, picor, quemazón, visiones y, en los casos galopantes, agresividad, desorientación y delirios, todo lo cual, en ocasiones, conduce a la muerte. La paradoja del abuelo es una causa habitual de psicosis paradójica, ya que los solapamientos, aleatorios o de otro tipo, se verán afectados y podrán ser destruidos. Sin embargo, es tu trabajo detectar esas anomalías e informar para que podamos vigilarlas. Como siempre, si tú, el Fundador o alguno de tus compañeros notáis los primeros síntomas de la psicosis paradójica, deberéis avisar a RR. HH. cuanto antes, aunque no hayas detectado ninguna paradoja en sí. Recuerda: si tú o un compañero sufrís una psicosis paradójica grave, el procedimiento oficial de la Comisión recomienda eliminar a una de las entidades solapadas, si no a ambas, para así salvaguardar el *statu quo* de la paradoja. Pese a que a veces se produzca de forma aleatoria y resulte cruel, la psicosis paradójica pone en grave peligro la situación, ya de por sí inestable, que la paradoja del abuelo origina, y si no se soluciona a la mayor brevedad, puede contribuir a una desintegración acelerada del universo, lo que deriva en incontables bajas civiles a lo largo de múltiples líneas temporales.

La psicosis paradójica

En las anteriores ediciones de este manual, la psicosis paradójica se trataba en el subapartado 3b del capítulo 27, pero dado que solía pasarse por alto, he decidido definirla aquí. Llegados a este punto, no debe de quedar nadie que no sepa en qué consiste este mal, pero me tengo por un hombre generoso y, por definición, la finalidad de este libro es instruir a los legos, así que vamos allá.

Buf, aún estoy asombrada por lo bien que me quedó la anterior sección.

Lo primero que hay que entender es lo que vengo inculcándote desde la primera página. Viajar en el tiempo es una actividad muy arriesgada y el problema de las líneas temporales convergentes no puede evitarse de ninguna manera en nuestro trabajo. Somos una especie de fontaneros que intentan reparar una fuga del grifo y acaban convirtiendo todos los váteres de la casa en un géiser incontenible. Es decir, todos nuestros actos tienen consecuencias, y aunque interactuemos con el entorno lo menos posible, los accidentes ocurren incluso cuando hemos seguido el procedimiento al pie de la letra. Por lo tanto, a continuación detallaré cómo identificar una psicosis paradójica, cómo valorar su gravedad y, lo más importante, cómo combatirla. *Bien.*

¡Qué me dices!

Lo primero es comprobar si hay un sosias en el entorno, lo que resulta más complicado de lo que parece. El mundo está lleno de gemelos idénticos, dirás. ¿No es, por lo tanto, una tarea casi imposible? Y lo cierto es que sí, pero las complicaciones van aún más allá. Por ejemplo, los sosias podrían tener edades distintas. Imagina que hoy te cruzaras por la calle con tu yo de seis años. ¿Te darías cuenta?

Por suerte, la Centralita del Infinito clasificará estos encuentros como anomalías. Los operadores más diestros facilitarán la identificación de las personas que han generado la anomalía. Sólo en una ocasión se han detectado tres sosias en un mismo escenario. La situación era tan inusual que incluso descorchamos una botella de champán. En fin, supongo que cuando te pasas la vida nadando a contracorriente, tienes que celebrar las pequeñas alegrías.

¿Es necesario?

Para colmo, la existencia de los sosias no se da sólo entre humanos (al fin y al cabo, no somos los únicos seres que habitan en este universo). Las fotografías, los recuerdos, los muebles, la ropa y otros objetos también pueden transitar entre las líneas temporales. Son más difíciles de encontrar que los sosias humanos, pero, afortunadamente, resultan mucho menos dañinos. Pueden arder de súbito, pero, aparte de eso, rara vez causan problemas serios. Sin embargo, cuando dos humanos iguales permanecen cerca el uno del otro durante un tiempo prolongado, ambos empezarán a padecer los síntomas de la psicosis paradójica.

¿Y si nos centramos en lo de las líneas temporales y cómo afectan a la gente?

1. Negación

Muy introspectivo.

Este síntoma es muy evidente. Lo primero que hace un ser humano cuando se encuentra cara a cara consigo mismo es negarlo, porque ¿qué otra cosa va a hacer? Nadie acepta así como así que exista un doble suyo, y, de hecho, la mera sugerencia podría destrozar su mundo. Por lo tanto, aunque se trate de una reacción perfectamente comprensible en una situación así, cuando se acompaña del resto de síntomas suele deberse a una psicosis paradójica.

2. Picazón

Después viene la picazón, que al principio parece inofensiva, si bien el tipo de prurito del que hablamos aquí lleva a la persona afectada a provocarse un cierto daño a sí misma, puesto que llega a levantarse la piel, debido a la insistencia con la que tiene que rascarse. Cuando veas que alguien insiste en arañarse todo el cuerpo con las uñas a la vez que niega la existencia de su sosias, ten por seguro que acabará sucumbiendo a una psicosis paradójica.

3. Sed y micción excesivas

Ahora ya deberías poder determinar sin grandes dificultades cuándo alguien está pasando por una psicosis paradójica, pero es importante conocer todos los posibles síntomas para ir sobre seguro. Durante este tercer estadio, la persona afectada necesitará beber agua para aplacar su sed acuciante. Al mismo tiempo, se verá obligada a ir al aseo cada pocos minutos, como si su cuerpo ahora fuese una olla a presión andante. Este proceso pone de manifiesto lo poco asociada que está esa persona al mundo, dado que apenas es capaz de retener materia alguna dentro de ella.

Lo mismo me pasa a mí cuando pido un plato picante en la cantina de la Comisión.

4. Exceso de gases

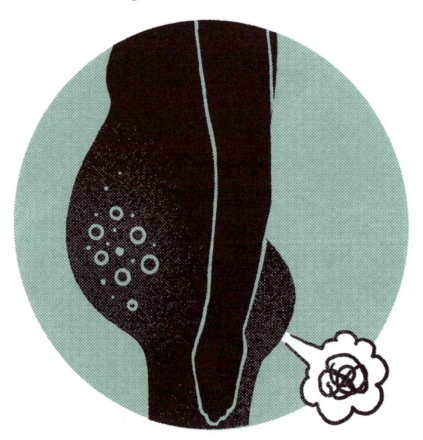

Si bien el exceso de gases siempre se ha asociado con la psicosis paradójica, no hay pruebas firmes que inviten a considerarlo un síntoma. Básicamente, es un problema de correlación y causalidad. Pero, verás, cabe decir que esta lista de síntomas cuenta con el visto bueno del Fundador, de modo que debemos aplicar estos conocimientos en su totalidad. Por ello, a menos que el Fundador nos esté tomando el pelo, la flatulencia extrema también nos sirve para identificar los casos de psicosis paradójica.

¿Tienes que cuestionarlo todo?

5. Paranoia aguda

Es la fase en la que el pánico entra en escena y el sujeto empieza a cuestionarse su vida, y a recelar de todo el que lo rodea. Si existe otra versión de sí mismo en el entorno, ¿cómo saber qué es real y qué no? Oye murmurar a los transeúntes que pasan por su lado. Asimismo, comienza a divagar sobre su sosias, al que acusa de robarle su identidad, y traza un plan para provocar que fallezca. Durante este estadio, la psicosis paradójica desata toda su peligrosidad: la idea de que sólo uno de ellos debe vivir para así garantizar el equilibrio del universo.

6. Sudoración incontrolable

En un último intento de rebelión, el organismo del sujeto comenzará a secretar sudor a un ritmo alarmante. Este proceso demuestra que ha perdido el control de sus funciones corporales y que ya sólo puede actuar por instinto. Ni siquiera se molestará en pasarse un pañuelo para secarse, y mirará con desconcierto a su pareja cuando ésta le pregunte qué le ocurre. Se girará ansioso de un lado a otro en busca de su sosias, como paso previo al último síntoma, que por desgracia es la…

7. Furia homicida

Una vez que el sujeto haya experimentado todos los síntomas, concebirá una estrategia mediante la que satisfacer lo que se ha convertido en una necesidad ineludible: eliminar al sosias. Esta decisión, por desgracia, viene cargada de lógica. Todo iba bien antes de que se encontraran y ahora el doble simboliza el desmoronamiento de su mundo. Nada detendrá al sujeto hasta que cumpla su propósito. Sobornará a quien haga falta y actuará de un modo impropio de él. La triste realidad es que, por lo general, uno de los clones conseguirá llevar a término su malévola idea, lo que pondrá fin a su psicosis paradójica y restablecerá el orden del universo, una conclusión tristemente mundana para una situación escalofriante.

La psicosis paradójica es un tipo de padecimiento que aquí nos tomamos muy en serio, y recomendamos que, si tú o alguno de tus compañeros sufrís uno o varios de estos síntomas, se lo notifiquéis de inmediato a RR. HH.. Es nuestra responsabilidad suprimir estas incongruencias de las líneas temporales, antes de que deriven en un dolor de cabeza mucho más grave.

~~Para que te sea más fácil recordarlo, puedes recurrir a esta sencilla regla mnemotécnica: Ningún Propietario Sin Empresa Puede Ser Feliz. Casi se recita sola.~~ *Así no ayudas a nadie.*

ANALISTAS

Si los de Operaciones Especiales son unos carniceros, venga a soltar mamporros y a rezar para que todo salga bien, entonces ~~los analistas son unos prestidigitadores, puesto que su labor es pura magia.~~ Cada una de las decisiones que toman está meditada al detalle, para así causar el menor daño posible en la línea temporal. Pongamos el caso de Herb, un analista brillante que se ha enfrentado a muchos de los dilemas más desconcertantes de nuestro mundo. Toda una celebridad aquí, es amable y recto, uno de los pocos analistas que se atreven a oponerse al Enlace. Destaca sobre todo por su perseverancia. Se rumorea que una vez se tomó veintisiete latas de Coca-Cola Light mientras urdía el asesinato de Lincoln, y que lo único que hubo que hacer fue echarle veneno en la comida al barbero de John Wilkes Booth. Un corte a lo tazón después, Lincoln estaba condenado, y <u>Herb nos había impartido a todos una clase magistral sobre estrategia</u>. *¡Hipérbole!*

Déjate de hipérboles.

Lo que hace que este oficio sea tan complicado, es que los analistas deben saber de qué color pintar lo desconocido. Mientras a los agentes de Operaciones Especiales se les asignan tareas muy concretas, un analista inteligente debe prever otras dificultades menos obvias. Existen dos métodos para resolver las anomalías, lo que da lugar a ciertos desacuerdos entre los analistas. El primero es el que cabía esperar, fundamentado en las matemáticas, la lógica y el pensamiento crítico. Los partidarios de este enfoque suelen dedicar semanas enteras a un mismo caso, maquinando sus arreglos impecables. Nadie gasta tanta tiza como ellos. Llenan decenas de pizarras, enfrascados en dar con la solución perfecta para cada singularidad. Estos procedimientos tan meticulosos son para ellos motivo de gran regocijo. En cierta ocasión, Herb aseguró: «El razonamiento lógico es lo más divertido que se puede hacer con la ropa puesta».

Después hay un método muy distinto, el que aplica un grupo de analistas más reducido pero que también se hace oír, al que llamaremos los

LA COMISIÓN Y TÚ

Qué generoso.

«librepensadores». Este subgrupo de empleados acostumbra a consumir una sustancia psicodélica de efectos bastante potentes, a dejar que el cerebro se evada durante tres cuartos de hora, para después asegurar que han encontrado la solución óptima. Como te puedes imaginar, estos arreglos son una lotería. Y si a los agentes de Operaciones Especiales los tacho de disolutos,

Por decirlo de un modo amable.

sería un hipócrita si no condenara estos excesos y esta supuesta superioridad moral. Aun así, algunas de las mejores soluciones que hemos encontrado venían de estos experimentos a puerta cerrada. En mi opinión, cada uno hace las cosas a su manera, así que hay que adaptarse a las circunstancias y abrazar otras perspectivas para poder llevar a cabo el trabajo. Lidiamos con el infinito a diario, de modo que no deberíamos ponernos ningún tipo de límite.

El candidato ideal para un puesto de analista debe estar listo para dejar la ética a un lado. Debe ser capaz no sólo de pensar críticamente, sino también de operar de un modo orgánico y de adaptarse a los problemas asignados, a menudo cambiantes. Debe sentirse a gusto trabajando largas horas sin demasiadas comodidades y estar dispuesto a salir a almorzar una vez por semana con los otros analistas, que las tardes de los martes se dejan caer por la cantina de la Comisión (estas reuniones suelen durar más de siete horas). Por último, un analista debe tener claro que él no es el protagonista de la película y que, de hecho, siempre será un miembro anónimo en la jerarquía de la Comisión.

Cómo hacen lo que hacen

Cambiar el tiempo (y, sí, salud si lo has convertido en un juego para beber con tus amigos) entraña una dificultad extrema. No existen las soluciones perfectas cuando se habla de algo tan complicado como la modificación de una línea temporal. No sólo está demostrado que se producen pequeñas ondulaciones, sino que, de hecho, éstas son tan frecuentes que hemos aprendido a prevenirlas. ~~E insisto, nuestro propósito no consiste en evitar las salpicaduras cuando nos lanzamos de cabeza, sino en reducirlas al mínimo.~~

Basta. ¡Esto no es un recital de poesía!

Esto significa que todas y cada una de las piezas de la maquinaria deben trabajar en armonía. El proceso comienza cuando el analista estudia los números y decide el enfoque adecuado. A continuación se les envía un plan a los agentes para que preparen la misión y, por último, cómo no, confiamos en que esos agentes, siempre poco fiables, nos llevarán hasta la meta. Es un procedimiento imperfecto, pero es lo único con lo que podemos trabajar.

Suena a sarcasmo.

El proceso puede parecer muy arbitrario, pero no deja de ser una tarea ardua, no apta para pusilánimes. Los analistas crean un diagrama de flujo

PERFIL: ANALISTA – MONIQUE LECLERC

«Si se quiere, se puede».

Planes cumplidos: **17**
Turno más largo: **36 h**
Máquinas de escribir
 empleadas: **56**
Café preferido: **moca**
Papel en el instituto:
 la empollona
Película favorita: **Origen
(Inception)**

ATRIBUTOS
- Intelectual
- Astuta
- Previsora
- Obsesiva

OBJETIVOS
- Prever el futuro
- Limitar las ramificaciones de la línea temporal
- Volver a casa antes de las 10 pm

FRUSTRACIONES
- No tener más tiempo libre
- No tener aumentos de sueldo
- No tener el respeto de nadie

TECNOLOGÍA
- Pizarras
- Máquinas de escribir

BIOGRAFÍA
Monique es una criatura nocturna adicta a la cafeína, que se caracteriza por quedarse hasta tarde en la oficina y por darlo todo en el trabajo. Destaca por ser quien planificó la partida de ajedrez que condujo a la Compra de Luisiana. Es célebre por el duro trato que les da a las máquinas de escribir, ya que teclea a un ritmo de 150 palabras por minuto que a estos aparatos les cuesta seguir. Todo un ejemplo como analista entregada, jamás permite que ni su salud mental ni su bienestar físico le impidan hacer el mejor trabajo.

PERSONALIDAD

INTROVERTIDA	·····X··························	EXTROVERTIDA
INTUITIVA	··X·····························	ANALÍTICA
REFLEXIVA	··X·····························	EMOTIVA
JUICIOSA	·····X··························	PERCEPTIVA

40

que contempla los distintos acontecimientos y proponen distintas actuaciones para resolver el conflicto. Después rastrean las ondulaciones que se levantarán a partir de cada uno de los cambios, y así sucesivamente. Y aquí es cuando la analogía del chapuzón en la piscina muestra su cara más fea. Aunque uno de los caminos sirva para alcanzar el objetivo establecido, los analistas deben cerciorarse de que las posibles ramificaciones no continúen ahorquillándose.

Pero ¿por qué? ¿Qué se pretende conseguir con tanto pensamiento crítico y tanto protocolo? En principio, los acontecimientos de las líneas temporales se desarrollan de un modo específico. Cuando todo va bien, los acontecimientos no se desvían de lo que denominamos la «línea temporal correcta». Entonces ¿cuál es la mejor manera de saber si la línea temporal empieza a fracturarse? En la Comisión opinamos que todo depende de los eventos culturales de gran calado (las pequeñas desviaciones no suelen generar anomalías, por lo que es raro que ocasionen algún perjuicio). Sin embargo, <u>cuando los acontecimientos decisivos comienzan a diluirse, entendemos que debemos intervenir</u>. Ahí es cuando los analistas tienen que entregarse al máximo. Revisan las líneas temporales deterioradas y estudian la mejor manera de activar dichas situaciones fundamentales para que las cosas vuelvan a su cauce.

¡Exacto!

Sé que algunos de estos conceptos son un tanto abstractos y difíciles de asimilar. Al respecto, diré que, <u>si te cuesta comprenderlos, tal vez éste no sea tu sitio</u>; y, en segundo lugar, diré que, de acuerdo, no pasa nada, intentaré explicártelos. Cinco, del que repito que aquí es toda una leyenda, tramó el plan de la explosión del *Hindenburg* ya el primer día que ocupó una mesa de la Comisión. Fue un logro milagroso que impresionó incluso a los analistas más veteranos. No obstante, ¿cómo lo consiguió? Te lo mostraré. Aquí tenemos el diagrama de flujo que Cinco usó para calcular las probabilidades del suceso y así determinar cómo provocarlo reduciendo los riesgos al mínimo.

¡Ja!

No los consueles.

Pese a tu postura parcial, estoy intrigada.

La explosión del *Hindenburg*

Ahora que tenemos un ejemplo práctico en el que basarnos, diseccionémoslo juntos. Para empezar, el protocolo de los analistas dispone que se deben considerar <u>tres opciones</u> cada vez. Esto se hace así para no invertir tiempo de más en la búsqueda de una solución. Cada una de las sucesivas reacciones en cadena originará sus propias ondulaciones; al limitar las acciones inmediatas de las que partimos, ahorramos tiempo a la vez que avanzamos hacia el resultado final.

Podrían con más si no fueran tan holgazanes.

Aquí vemos las tres ramificaciones que Cinco tuvo que rastrear para anticiparse a sus respectivos desenlaces, siguiendo cada ruta hasta su fin

FIG. 2 LA EXPLOSIÓN DEL *HINDENBURG* —DIAGRAMA DE FLUJO DE CINCO

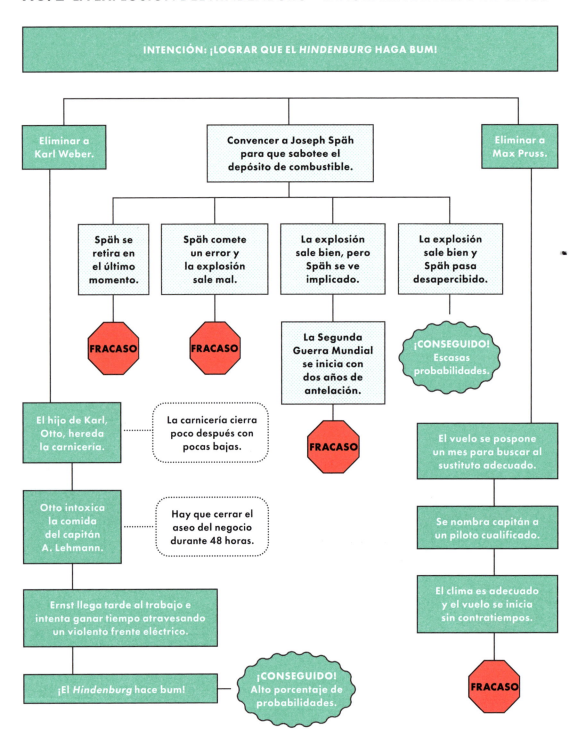

natural para identificar los posibles baches del plan. Básicamente, la cuestión es: ¿esta ruta permitirá llevar a cabo la misión? Cuando el objetivo principal es modificar la línea temporal, el principiante se fija en las cosas que podrían salir bien, mientras que el veterano ahonda en aquellas que podrían torcerse (algo mucho más probable). Después, aunque la ruta conduzca al fin deseado, se pasa a determinar qué probabilidades hay de alcanzarlo y cómo afectarán las ramificaciones a la línea temporal. Sólo cuando una opción es (A) muy probable y (B) poco destructiva se considera llevarla a la práctica.

Centrémonos en las ramificaciones, fundamentales a la hora de determinar la validez de una solución. Algunas son inofensivas, divertidas incursiones en lo desconocido. Pongámonos en la siguiente situación: si me equivoco y en lugar de la crema de almendra te sirvo la de cacahuete, puede parecer un error irrelevante, pero si padeces alergia a los cacahuetes, el problema se agrava sobremanera. Por lo tanto, cuando se estudian las distintas ramificaciones, tenemos que mirar más allá de los resultados evidentes y teóricamente inocuos, y comprobar si originarían o no otros conflictos mayores.

La ruta por la que se decantó Cinco, resaltada en verde, muestra las ramificaciones que, en general, se consideran inofensivas. El hecho de que un aseo permanezca dos días cerrado no le causará ningún perjuicio serio a nadie. La gente seguirá con su vida, ya que no se entra en una carnicería sólo para usar el aseo. Por ello, esta ruta es preferible, sobre todo si la comparamos con las otras.

Depende de si tienes el colon irritable.

En el segundo planteamiento surgen varias ramificaciones, algunas de ellas desastrosas. Por ejemplo, si Joseph Späh consiguiera sabotear el *Hindenburg* pero sobreviviera y se viese implicado, la Segunda Guerra Mundial se desataría dos años antes, de tal modo que Estados Unidos y Alemania se convertirían en los protagonistas del enfrentamiento. Este suceso se desviaría mucho de la línea temporal correcta y, en consecuencia, acarrearía demasiados dolores de cabeza. Gracias a estos gráficos podemos descartar las rutas que acabarían siendo más dañinas que ventajosas. Si nos atenemos a estos sencillos métodos, nos será más fácil dar con la ruta adecuada y salvar muchas vidas antes de salir a la cancha.

El asesinato de Lincoln

Este esquema se cuenta entre mis predilectos, no sólo porque lo concibió Herb, sino porque además sirve como referencia para los futuros analistas. Los recién llegados siempre afrontan los problemas de frente. Este enfoque

FIG. 3 EL ASESINATO DE LINCOLN—DIAGRAMA DE FLUJO DE HERB

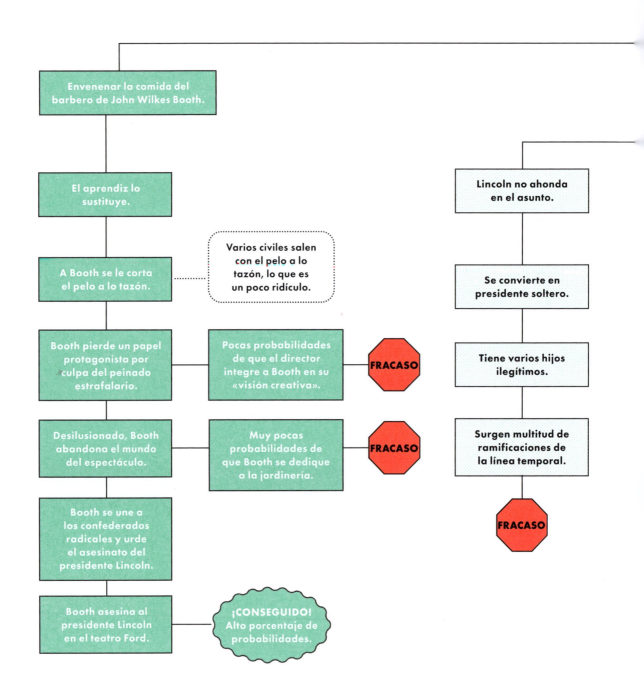

LA COMISIÓN Y TÚ

45

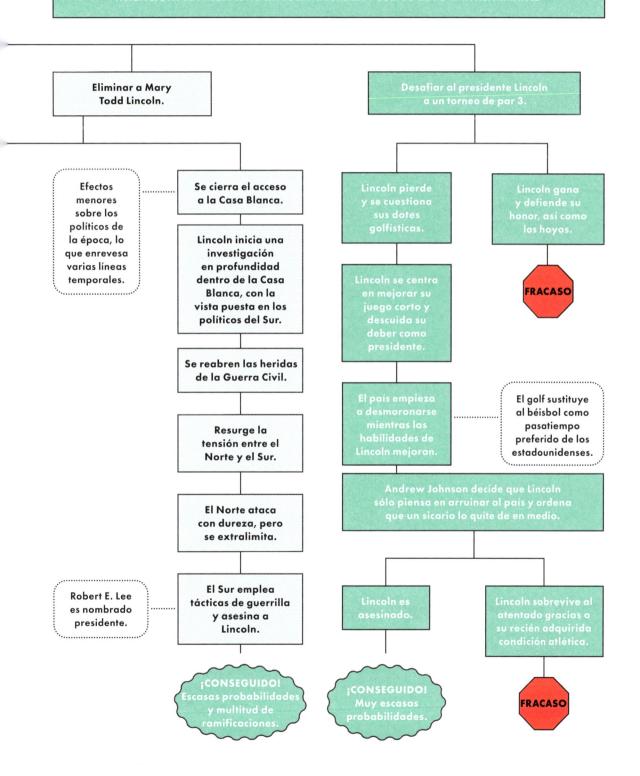

directo los empuja hacia un terreno peligroso. Fijémonos en el ejemplo de la página anterior. Proponerse eliminar a Lincoln yendo a por él directamente es perder el tiempo. Los intentos de desestabilizarlo sólo sirven para desestabilizar a quienes lo rodean. Es primordial tener esto en cuenta. Cuando se intenta modificar la vida de alguien prominente, es mejor basar el plan en su entorno. Por lo general, ir directamente a por esa persona originará otras bifurcaciones más extensas y difíciles de contener.

Entonces ¿cómo lo hace Herb? Va a por un defecto del asesino en potencia y se aprovecha de esa inseguridad. Se fija en esa parte del cuerpo de los actores de la que rara vez se habla, pero que puede tener un gran impacto: el peinado. Es una jugada maestra, a decir verdad; lo bastante sutil para no despertar sospechas, pero lo bastante importante para socavar la reputación de John Wilkes Booth como actor. Además, alterar el aspecto del intérprete también hace que éste se aleje de su círculo social, lo que significa que los daños colaterales salpicarán a mucha menos gente. A partir de ahí, todo es pan comido para Herb, ya que los complejos de Booth se hacen cargo del resto. Cabe decir que, en realidad, a Herb sí que le llevó un tiempo llegar a esta solución, como se verá a medida que avancemos por el diagrama de flujo. Al principio, también contempló otras vías. La primera de ellas era una atrocidad: acabar con Mary Todd Lincoln. Es algo que hacemos a diario en la Comisión, poner una distancia prudencial entre nosotros y nuestro trabajo. Debemos tomar decisiones muy difíciles, siempre con la idea de salvar el mayor número de vidas posible. En este caso, por suerte para la conciencia de Herb, esta ruta lleva al fracaso y conlleva una alta probabilidad de generar nuevas complicaciones. Asimismo, al atacar a alguien tan vinculado al presidente, se corre el riesgo de que éste se implique personalmente, antes de que se alcance el desenlace esperado. Esta situación es imposible de evitar, dado que Lincoln o bien se equivocará y acusará a algún miembro del Congreso, o bien se encargará del asunto él mismo. Todo esto nos aleja del fin buscado y origina demasiados problemas. Pero no queremos eso.

Lo que nos lleva a la tercera ruta, aunque tampoco me sorprendería que Herb la concibiera con cierta sorna. A veces, no está de más echarle un poco de humor al trabajo, y eso es algo que Herb logra ideando una situación hipotética, en la que un agente de Operaciones Especiales desafía al mandatario a un torneo de par 3. Es un planteamiento inocuo, pero implica de manera directa al sujeto. Dicho esto, el plan sale más o menos bien y hay algunas probabilidades de que dé lugar a lo que se consideraría un éxito. No es nada del otro mundo, pero es más factible que la cruel segunda opción.

Un desperdicio de los recursos de la Comisión.

¿Siempre tienes que ponerte poético?

LA COMISIÓN Y TÚ   47

> *Suprime este párrafo. No nos conviene criar a una generación de analistas pacifistas.*

~~Y otra lección: la fuerza bruta no siempre es la respuesta acertada. Aunque nos encante ir por ahí tirando a matar con nuestras pistolitas relucientes, a veces se requiere un poco de finura para cumplir la misión. Éste es un guiño para ese reducido grupo de analistas cuya labor destacamos antes, los que sustentan su ciencia en las sensaciones. Sus propuestas suelen prescindir de la violencia y nos recuerdan ese consejo tan útil: empuña la pluma antes que la espada.~~

La llegada a la Luna

Bien, no siempre nos inclinamos por lo catastrófico. Cuando estudiamos la ruta más violenta, vimos que también llevaba al fracaso. Por eso debemos ser flexibles y trazar planes que se salgan de la norma.

Empecemos, como siempre, por la solución que se llevó el gato al agua. Fue un hallazgo milagroso por parte de Dot, un ejemplo como solución creativa para un desafío como éste. Al hacer que el maestro que Armstrong tiene en tercero se divorcie de su mujer, consigue que el docente pase de amar la ciencia a obsesionarse con ella. Este adoctrinamiento a tan tierna edad era necesario para garantizar que Armstrong se impusiera a Aldrin. Me gusta el hecho de que la estrategia de Dot no se basara en un truco ni en ningún tipo de daño físico, sino tan sólo en sacarle partido al excepcionalismo estadounidense, al que tan acostumbrados estamos. Billy Masterson se divorcia, pero en lugar de pasarse el día lamentándose, se enfrasca en su trabajo e inspira a la siguiente generación. Esto motiva a Armstrong, el cual, para no sufrir la misma suerte que su maestro de la infancia, convierte el espacio en su musa, a fin de impresionar a su esposa. Un matrimonio fallido lleva a otro más feliz que nos ayuda a dar con la solución. Mmh, me encanta el olor de la ironía por la mañana.

> *¡Extraña manera de afrontar un desengaño amoroso!*

Y ahora fijémonos en los errores. Comencemos por la tercera ruta, ya que la segunda es demasiado deprimente como para entrar derechos en ella. Empieza con el típico engaño. A decir verdad, es bastante ingeniosa, por lo que me apena que esta opción no diera buen resultado. La idea de saltarse los protocolos de seguridad de la NASA para esconder una chocolatina en el compartimento del objetivo es una chaladura. Desde luego, hace que el corazón te palpite a mil por hora. El inconveniente que surge aquí es el que suele darse en estas rutas «sin intervención». Está sometida a demasiadas variables. Una vez que la chocolatina está escondida, nada impide que Armstrong se apodere de ella. Ni, peor aún, que enviemos a una familia de hormigas al espacio, hecho que podría dar lugar a toda una nueva problemática. Es decir, ¿has leído *El juego de Ender (Ender's Game)*? Preferimos evitar las situaciones

FIG. 4 LA LLEGADA A LA LUNA—DIAGRAMA DE FLUJO DE DOT

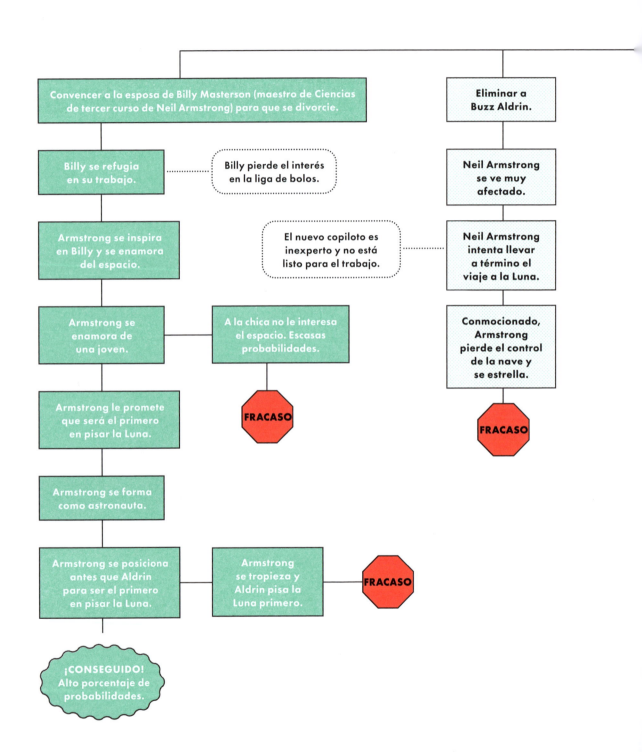

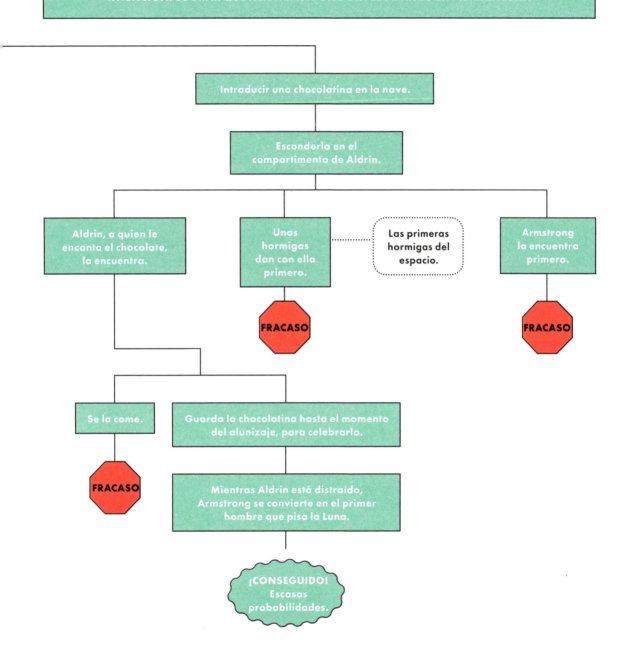

que no podemos controlar, las que dependen de un golpe de suerte para salir bien. Sencillamente, no podíamos arriesgarnos a que Aldrin fuera el primero en desembarcar, aunque para ello tuviéramos que recurrir a algún método menos elegante.

Verás, no hay forma alguna de soslayarlo. La segunda opción puede parecer demasiado enfermiza, pero es la triste realidad del sector en el que trabajamos. Cuando se busca una solución, lo primero en lo que se piensa es en eliminar a la persona que se interpone entre el objetivo y tú. Cabe decir que, en ciertos casos, esto podría ser una solución en sí misma, pero, por lo general, cuando se da un primer paso tan extremo, los siguientes suelen presentar bastantes contratiempos. Esto es lo que quiero destacar, y si sólo vas a recordar una cosa de todo lo que recoja en este libro, que sea la siguiente: el pasado es inconstante y podría resultarnos muy fácil provocar un gran cambio, dando prioridad a los actos vistosos al intentar moldearlo a nuestra voluntad. Tenemos el deber de trabajar bajo la presión del tiempo, <u>no el de modificarlo como mejor nos parezca.</u> *Porque tú lo digas.*

Siguiendo con esta cuestión, se nos podría antojar sencillo poner todos los problemas del mundo en las manos de la Comisión. Porque ¿no tenemos el control de todo? Error, craso error. Si, llegados a este punto del libro, todavía piensas así, es que no he hecho bien mi labor. Durante las misiones, la Comisión se atiene a una política de no interferencia. Hay que tener en cuenta que las misiones que salen bien son aquellas que no tienen mayor repercusión. Por eso entraña tantos riesgos lo que hacemos aquí. El más leve error por nuestra parte podría dar origen a una gran bifurcación en la línea temporal, algo que jamás haríamos a propósito.

Un acontecimiento en el que las malas lenguas siempre nos han implicado es el de la formación de Stonehenge, muy posiblemente por obra de los extraterrestres. Es decir, ningún ser humano puede levantar unas rocas a esa altura, ¿verdad? Sería imposible. (Nótese el sarcasmo.) Tú obliga al suficiente número de personas a trabajar gratis para ti y te sorprenderá lo mucho que puedes conseguir (y sí, estoy pensando en las pirámides). El ser humano puede ser muy cruel cuando nadie le pone límites, tanto que es capaz de culpar de sus tropelías a unos supuestos alienígenas antes que a sí mismo. Pero no quiero divagar.

¿Un acontecimiento en el que sí estuvimos implicados? El Watergate. Sí, Nixon estaba empezando a hacer cosas bastante absurdas. Se le había ido la cabeza y no debía continuar al mando.

OPERADOR DE LA CENTRALITA DEL INFINITO

La Centralita del Infinito suele ahuyentar a los reclutas, muchos de los cuales creen que su tecnología está anticuada y que es demasiado compleja. Pero nada más lejos de la realidad. El maletín te puede transportar a través del tiempo en el sentido físico, pero la Centralita te convierte en una deidad omnisciente. Sin embargo, al igual que sucede con todo lo que tenga que ver con la Comisión, mi trabajo es enseñarte cómo funciona, de modo que ¡manos a la obra!

En la sección anterior comentábamos que, cuando las líneas temporales se alejan de los acontecimientos culturales más relevantes, el sistema avisa de que se ha producido una anomalía. Y ahí es cuando intervienen los operadores. Son halcones que vigilan una infinidad de líneas temporales de una infinidad de épocas, atentos a la menor impureza. Por lo tanto, como decíamos, la Centralita les concede una visión sin limitación. En cualquier caso, también estudian la historia del mundo, para así saber cuándo un determinado suceso no tiene lugar del modo en que debería.

¿La rima es deliberada?

Se les somete a un adiestramiento meticuloso. Se espera que conozcan todos y cada uno de los acontecimientos de la historia de la humanidad. Con el propósito de retener tan ingente cantidad de información, se les ponen exámenes sorpresa al despiadado ritmo de entre treinta y cuarenta veces al día. A los reclutas más afortunados se les permite visionar unas cintas antiguas de *Jeopardy!* o *Pasapalabra*, dado que la Junta las ha categorizado como recurso formativo oficial.

¡Venga ya! A lo sumo, serán veinticinco.

Los operadores de la Comisión son una panda de bichos raros. No conforman un departamento muy numeroso, y las características de su puesto los obligan a trabajar largas horas, lo que reduce en gran medida sus oportunidades para relacionarse con otras personas. En consecuencia, se requiere que carezcan por completo de habilidades sociales, pues de esta manera queda garantizado que nada los distraerá de su labor.

El candidato ideal es capaz de amoldarse a cualquier tipo de circunstancia, sin apenas antelación. Debe dar prioridad a cualquier posible problema y ponerlo en conocimiento de la Comisión. De los operadores de la Centralita del Infinito esperamos no sólo que detecten las anomalías en el instante mismo en que se producen, sino también que precisen la época a la que corresponden, que averigüen con prontitud qué está ocurriendo exactamente y que detallen cómo habría que proceder al respecto.

PERFIL: OPERADOR DE LA CENTRALITA – GLENN TREVORS

«Tu querido ojo que todo lo ve».

Anomalías detectadas: **147**
Horas conectado: **24.563**
Debates zanjados: **84**
Nivel de vitamina D: **bajo**
Papel en el instituto:
  el tecnófilo
Película favorita:
  **Cuestión de tiempo
  (About time)**

ATRIBUTOS
- Rápido
- Sereno
- Decidido
- Buena vista

OBJETIVOS
- Vigilar la Centralita
- Percatarse de las anomalías
- Que no le sorprendan mirando nada raro

FRUSTRACIONES
- La necesidad de mirar cosas raras
- Las pantallas pequeñas
- Las sillas incómodas

TECNOLOGÍA
- La Centralita del Infinito

BIOGRAFÍA
Glenn, uno de los operadores más entregados que hay, se pasa unas dieciocho horas al día conectado. Le pidió a su madre que le confeccionara un cojín para ponerlo en la silla y así no castigarse tanto la espalda. Le gusta llevar a la gente a escondidas a la sala de la Centralita del Infinito, y zanjar sus debates poniendo el foco sobre la época en cuestión. Dado que pasa muy poco tiempo fuera, disfruta contemplando los campos extensos cuando aparece alguno en la Centralita.

PERSONALIDAD

INTROVERTIDO	·····X························	EXTROVERTIDO
INTUITIVO	························X····	ANALÍTICO
REFLEXIVO	·····················X····	EMOTIVO
JUICIOSO	···························X	PERCEPTIVO

La Centralita del Infinito

La Centralita del Infinito es el paquete de televisión por cable más alucinante del universo. Sus pantallas te muestran todo lo que ha ocurrido a lo largo de la historia. En cierto modo, esto mismo puede ser también el lado malo, precisamente porque puedes ver todos y cada uno de los acontecimientos que se han producido desde el principio de los tiempos, y eso es muy difícil de organizar.

Por eso, la Centralita se diseñó para detectar las anomalías, que se consideran brechas de relevancia estadística en la línea temporal. Por lo general, las provocan los miembros de la Academia Umbrella o los de la Sparrow, debido a la gran intensidad de sus poderes extraordinarios, pero la Centralita también ha avisado de otros sucesos cruciales que no tenían nada que ver con las Academias. Seguro que has oído decir eso de que cada vez que una mariposa agita las alas, el futuro cambia. Pues bien, esa idea es una sarta de pamplinas. El radar de la Centralita del Infinito jamás ha registrado el aleteo de ningún lepidóptero, porque ¿qué sentido tendría? El vuelo de una mariposa no influye de ninguna manera en el entorno y, de hecho, ni el propio insecto se ve afectado por él.

Es de vital importancia ignorar el ruido y distinguir al instante los problemas que de verdad entrañan algún peligro. Es la función que desempeña la Centralita del Infinito, y que la hace imprescindible.

Sobre todo, los de Viktor y los de Cinco.

Los tubos

Los tubos, hablemos de ellos. Una de las preguntas que más se hacen los reclutas es la de cómo funcionan, así que profundicemos en ese aspecto. Tal vez la respuesta te sorprenda. Supongamos que los distintos momentos que se suceden a lo largo de una línea temporal son un respiradero perteneciente a un sistema de ventilación; los tubos serían los conductos por los que circula el aire. El alcance de la Comisión es asombrosamente amplio. Nos enorgullece poder cubrir con nuestro servicio hasta el último de los hogares del planeta, y por ello les damos las gracias a los integrantes incansables —y, a menudo, desconocidos— de nuestro equipo de albañilería.

Este proceso —muy fluido, pues casi siempre permite enviar los mensajes sin contratiempos— no siempre ha sido así. Antes, las notas se confiaban a unos cuervos

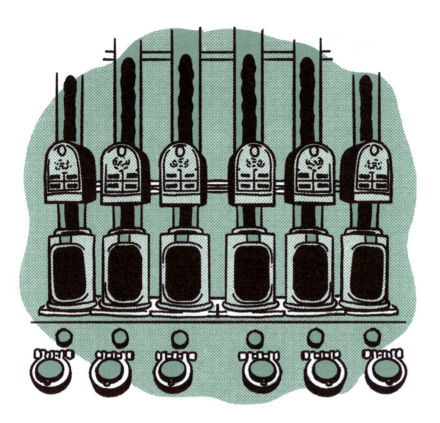

que se veían obligados a entregarlas bajo las circunstancias más calamitosas. Como te imaginarás, los resultados eran muy dispares. Con el tiempo, el sistema se transformó en algo más parecido al código morse, aunque no era del todo igual. En lugar de a unas señales rítmicas y fáciles de traducir, recordaba más al golpeteo de las palmas de las manos contra las rodillas. Y era labor de los agentes averiguar qué significaban esos ruidos. ¿Dos manotazos equivalen a la orden de «eliminar»? ¿O tienen que ser tres? Las dudas eran más que razonables, dado que las respuestas diferían, en gran medida, en función del equipo orientador al que te asignaban.

Por desgracia, cuando la compañía se inclinaba por la sinergia y el cambio constante entre equipos, los resultados eran desastrosos. Aunque de cara al público negamos que estuviéramos implicados en las invasiones de los mongoles, digamos que, si ciertos mensajes nos hubieran llegado con más claridad, los aldeanos del Asia oriental del siglo XIII habrían sido mucho más felices. En resumen, eran los primeros días de la Comisión, cuando los procedimientos no estaban regulados y las decisiones se tomaban sin meditarlas demasiado. La falta de un buen sistema de comunicación hizo que perdiéramos a muchos agentes excepcionales. Ahora, el problema es que los agentes se saltan las

Perdimos muchos pájaros leales durante aquella época.

Borrar.

órdenes directas a propósito. Supongo que las cosas nunca mejoran tanto como deberían. Y hay que apreciar la humanidad que ese imposible destila.

Es asombroso que hayamos progresado tanto desde nuestros inicios. El sistema actual se basa en el uso de las infraestructuras modernas como mecanismo de entrega. Antes de introducir el mensaje en el tubo, se especifica un lugar y una fecha. A continuación se inserta en el conducto disponible más apropiado. Esto permite que las notas se reciban en una cabina de teléfono, en un botiquín o incluso en una máquina expendedora. Si el destino cuenta con alguna estructura interior, ya sea un alcantarillado o una instalación eléctrica, los mensajes se abrirán camino hacia allí. Por lo tanto, aunque nuestra tecnología actual sea formidable y difícil de asimilar, hay que dejar claro que su desarrollo no fue nada sencillo.

RR. HH.

En una compañía de nuestra envergadura, el departamento de RR. HH. puede ser un tanto discreto. Sus miembros prefieren actuar en la sombra y publicar sus edictos sin necesidad de interactuar con los demás empleados. Supongo que es mejor así. Damos trabajo a infinidad de asesinos profesionales, por lo que se entiende que no queramos revelar la identidad de la gente que un día podría impedirles el acceso a su plaza de aparcamiento.

No está muy claro cómo hacen los novatos para incorporarse a RR. HH., pero he oído distintas teorías. La más plausible es bastante triste; básicamente, sostiene que RR. HH. es el departamento adonde se envía a los más ineptos, a los más negligentes entre los negligentes. La gente de la que nos dijeron que había sido despedida con una suculenta indemnización podría estar, en realidad, controlando en silencio nuestra vida laboral. En mi opinión, esta es la respuesta más obvia, y tiene sentido que esos administrativos resentidos quieran vengarse de aquellos a quienes consideran indignos.

Otra teoría con bastante peso propone que no existe ningún departamento de RR. HH. Los hechos sustentan esta idea. No tienen ningún ala propia en el cuartel general ni ningún número de teléfono al que llamarlos. Envían mensajes hacia las demás áreas, pero es imposible ponerse en contacto con ellos. Esto permite que la Junta tenga el control absoluto de un aspecto a menudo complicado de toda compañía.

¿Que qué creo yo que tienes que hacer para ser el candidato ideal? Olvídate de cultivar las habilidades técnicas y enorgullécete de tu facilidad para pararte a hablar con la gente, aunque en realidad sólo te sirva para molestar a todo el mundo.

Auggie, claro que existe el departamento de RR. HH. Se ubica en otra parte, para que los demás empleados no los acosen.

PERFIL: RR. HH. – TALIA HIGGINS

«No es problema nuestro».

Trabajo eludido: **incontable**
Problemas causados: **4.313**
Riñas zanjadas: **0**
Silla: **reclinada**
Papel en el instituto: **la chica popular**
Película favorita: ***Up***

ATRIBUTOS
- Indeseable
- Holgazana
- Parlanchina
- Retorcida

OBJETIVOS
- Estudiar nuevas maneras de reducir el sueldo al personal
- No esforzarse más de la cuenta
- Irse a casa nada más almorzar

FRUSTRACIONES
- Ayudar a los compañeros
- Gestionar aumentos de sueldo
- Dejar hablar a los demás

TECNOLOGÍA
- Instagram
- X

BIOGRAFÍA
Talia suele trabajar desde casa; de hecho, apenas hay pruebas de que alguna vez haya venido a la oficina. Se pasa la jornada laboral metida en Instagram y en X, intentando estar al día de las últimas tendencias. Supongo que de vez en cuando saca un rato para buscar posibles nuevos reclutas, aunque no me atrevo a asegurarlo. Talia, si por casualidad lees un borrador de este libro antes de que se envíe a la imprenta, te agradecería que me explicaras qué labor desempeñas aquí exactamente.

PERSONALIDAD

INTROVERTIDA	···················⊠···	EXTROVERTIDA
INTUITIVA	················⊠····	ANALÍTICA
REFLEXIVA	················⊠····	EMOTIVA
JUICIOSA	⊠····················	PERCEPTIVA

Los caramelos

El departamento de RR. HH. utiliza una extraña clase de caramelos para entender las distintas experiencias que ofrecen las líneas temporales. Los iniciados no suelen reparar en ellos, pese a que son uno de los inventos más milagrosos que tenemos aquí. Se caracterizan no por su utilidad, sino porque su sencillez es una muestra de nuestro ingenio apabullante. Si no sabes de qué hablo, lo siento por ti. El departamento de RR. HH. ha logrado elaborar un caramelo muy poco convencional. No sabe a cereza, ni a chocolate ni a vainilla, sino más bien a las múltiples épocas que abarcan las líneas temporales.

Pero ya sé lo que estás pensando (que si eso es un desvarío, que si es imposible o que, en definitiva, no es verdad). Y te diré que yo antes pensaba igual. A mí también me parecía absurdo, y daba por hecho que los preparaban unos sumilleres incompetentes, sentados frente a la lumbre de la chimenea mientras intercambiaban comentarios del tipo «Este huele como a roble, ¿verdad?». Pero me equivocaba. Cuando mordí el primero viajé a la Norteamérica de 1776, y me sentí… jubiloso. Creí que había sido mera casualidad, que había tenido suerte. Con el siguiente, retrocedí a la Roma del año 117, y la sensación me abrumó, tan variada, potente y cargada de

Mi sabor preferido es el Chicago de 1985, porque no hay nada parecido a los Bears de Mike Ditka y su defensa. Además, estaban U2 y Blondie, la música de la MTV… En fin, divago.

emociones. En momentos así te das cuenta de que cuanto nos rodea tiene unos sabores muy limitados. Picante o soso. Dulce o seco. Es una simplificación flagrante. Tomamos este mundo inacabable e intentamos meterlo en una bolsita creyendo que así comprenderemos mejor nuestro entorno.

Aquel primer día probé muchos caramelos distintos, y no me explayaré sobre los más desabridos. Los Estados Unidos de 2020 me dejaron un regusto bastante desagradable. Pero la enseñanza que me llevo de entonces es que, pese a lo mucho que nos esforzamos por defender este mundo y salvaguardar su pureza, el mal siempre encuentra el modo de filtrarse por las grietas e infectar una época y un lugar, con tanta truculencia que es posible paladearla después de haber transcurrido una eternidad, lo creamos posible o no.

IN MEMORIAM

Como cabe esperar, el tiempo es algo imposible de cuantificar en la Comisión. Tenemos la capacidad de viajar en el tiempo y de revertir el pasado casi en cualquier lugar, pero no somos todopoderosos. Lo que intento decir es que aquí, en la Comisión, pese a que podamos saltar entre las distintas líneas temporales, no somos capaces de restaurar el tiempo. Y eso significa que quienes mueren aquí, mueren para siempre.

Cinco mantiene con nosotros una relación que podría considerarse única. En ocasiones ha sido un valiosísimo aliado para nuestra organización, pero a veces también <u>ha sido un adversario formidable</u>. Puede ser despiadado y, de hecho, les ha quitado la vida a multitud de miembros influyentes de la Comisión. Antes de que murieran, me encontraba bosquejando las respectivas secciones de estos compañeros, pero tras su fallecimiento he tenido que actualizarlas. Como nueva incorporación que eres, te vendrá bien conocer por encima a aquellos que nos han precedido, para que así sepamos cómo seguir adelante sin ellos.

Una insulsa manera de llamarlo asesino.

PERFIL: OPERACIONES ESPECIALES – HAZEL Y CHA-CHA

«No dejes rastro».

Misiones cumplidas: **367**
Tasa de cumplimiento: **94%**
Bajas civiles: **1.421**
Conciencia: **confusa**
Papel en el instituto:
   los artistas
Película favorita: **CHIPS**

ATRIBUTOS
- Resueltos
- Peligrosos
- Un poco intimidantes
- Amigos hasta la muerte

OBJETIVOS
- Encontrar a Cinco
- Atormentar a los civiles
- Aparentar ser lo más

FRUSTRACIONES
- Agnes (para Cha-Cha)
- El mantenimiento del maletín
- No poder ver con la máscara puesta

TECNOLOGÍA
- Cascos estrafalarios
- Arsenal ilimitado

FALLECIDOS

BIOGRAFÍA
Hazel y Cha-Cha fueron dos de nuestros agentes más activos. Su destreza les granjeó el respeto de toda la Comisión y por ello se les asignaban los trabajos que se consideraban demasiado peligrosos para sus compañeros. Los movía una cierta sed de sangre y se caracterizaban por acumular más bajas de las imprescindibles al término de las misiones. Sus cascos se contaban entre nuestros ingenios más conseguidos, pues repelían las balas y amortiguaban los mayores impactos.

PERSONALIDAD

INTROVERTIDOS	········X···	EXTROVERTIDOS
INTUITIVOS	······X······	ANALÍTICOS
REFLEXIVOS	·······X·····	EMOTIVOS
JUICIOSOS	·····X·······	PERCEPTIVOS

Hazel y Cha-Cha

Hazel y Cha-Cha eran dos agentes que representaban en todos los aspectos a la vieja guardia de la Comisión. Feroces en el combate, conseguían unos escalofriantes índices de bajas en todas sus misiones. Entonces ¿qué ocurrió? Hazel se volvió un «blando» (tomó conciencia de sus actos), lo que llevó a que el dúo se degradara como una galleta caducada. Verás, a Cha-Cha la movía esa filosofía del «mata todo lo que se mueva», pero cuando Hazel empezó a pensar de otro modo, pasaron a ocupar posiciones enfrentadas. De pronto, la encomienda ya no consistía en matar a Cinco, sino en matarse el uno al otro. Huelga decir que esto supuso una pesadilla para RR. HH. Los interminables conflictos internos son lo primero que me gustaría que la siguiente generación de reclutas evitase. Si sales al terreno con un compañero es por un buen motivo: tú le cubres las espaldas a él y él a ti. Así es como tienen que funcionar las cosas. Cuando te preocupa que tu compañero te clave un puñal por la espalda a ti y no al enemigo, el sistema se viene abajo por completo.

¡Oye!

Eso sí es verdad.

Los suecos

Los suecos son, sin lugar a dudas, el trío más famoso que la Comisión nos ha dado. Los hermanos establecieron un fuerte vínculo cuando de niños se pasaban el día haciéndoles daño a las ardillas, y pronto se les clasificó como agentes natos de Operaciones Especiales. Oscar, el benjamín, murió en una trampa que el Enlace había tendido. Otto, el mediano, pereció a manos de Axel, el mayor, cuando Allison empleó su don para controlar a éste. ~~Axel se vengó del Enlace y después abandonó la Comisión.~~ Aunque en la actualidad se desconoce su paradero, hay firmes sospechas de que se ha unido a la secta de Klaus Hargreeves, los Hijos del Destino.

Borrar. No está demostrado.

PERFIL: OPERACIONES ESPECIALES – LOS SUECOS

«Öga för öga».

Misiones cumplidas: **75**
Tasa de cumplimiento: **89%**
Bajas civiles: **21**
Conciencia: **silenciosa**
Papel en el instituto:
  los raritos
Película favorita: **Rent**

ATRIBUTOS
- Tranquilos
- Muy unidos
- Sedientos de venganza
- Rubios

OBJETIVOS
- Fulminar a la Academia Umbrella
- Usar Duolingo
- Vestir ropa mona

FRUSTRACIONES
- El Enlace
- Los poderes de Allison
- Lo caras que son las gabardinas

TECNOLOGÍA
- Tinte platino
- Atuendos similares

BIOGRAFÍA

Ah, los suecos, un animado trío de hermanos. Eran unos asesinos que no se andaban con chiquitas y que únicamente atacaban a los civiles tras cerciorarse de que estos guardaban alguna relación con sus objetivos. Actuaban a sangre fría y estaban dispuestos a cualquier cosa para defenderse los unos a los otros. Aunque algunos creen que el color de su pelo era natural, yo sospecho que sólo aplicándose el tinte rubio de L'Oréal podían conseguir ese tono. Si bien no vestían atuendos del todo a juego, los tres se regían por la misma estética, para que todo el mundo tuviera claro que, aparte de ser hermanos, también conformaban un equipo letal.

PERSONALIDAD

INTROVERTIDOS	····X·································	EXTROVERTIDOS
INTUITIVOS	·······X·······················	ANALÍTICOS
REFLEXIVOS	············X··················	EMOTIVOS
JUICIOSOS	·················X·············	PERCEPTIVOS

FALLECIDOS (EN SU MAYOR PARTE)

IN MEMORIAM

Gloria

Mantenerse a una distancia prudencial de Cinco.

Quizá te preguntes qué hizo Gloria para merecerse una sección propia; sin embargo, otra pregunta más práctica sería la de «¿Qué no hizo?». Me explico.

Gloria era la pieza que remataba una larga línea de teléfono. Se encargaba de enviarles los mensajes a los agentes desplegados en el terreno, a través de nuestro sofisticado sistema de tubos. Así dicho, suena muy sencillo, pero nada más lejos de la realidad. Verás, su trabajo consistía en comunicar con claridad todo lo que se hacía aquí. Si cometía el mínimo error en el momento de enviar un memorando, la línea temporal del destino podía caer en barrena. ~~Ahora que ella no está, nos cuesta lograr que todo siga funcionando con la suavidad de antes.~~ *Borrar. No hace falta incluirlo.*

Y de las que más se hacían notar en el presupuesto anual.

A fin de respetar unos hábitos como los suyos, se requiere una gran capacidad de concentración. Se la conocía por seguir una de las rutinas matinales más severas que jamás se ha impuesto nadie. Este horario te permitirá hacerte una idea de lo agotador que era su día a día.

2.30 a. m. — Levantarse.	8.30 a. m. — Crioterapia.	3 p. m. — Nadar un kilómetro.
2.45 a. m. — Meditación.	9 a. m. — Tentempié.	3.30 p. m. — Tentempié.
3.15 a. m. — Desayuno.	10 a. m. — Enviar memorandos del día.	4 p. m. — Gimnasia mental N.º 2.
3.40 a. m. — Sudoku.	1 p. m. — Almuerzo.	5.30 p. m. — Socializar con compañeros para conocer sus más íntimos deseos.
5.30 a. m. — Refrigerio postgimnasia mental.	2 p. m. — Enviar comentarios a analistas sobre mensajes no aprobados.	6 p. m. — Cena.
6 a. m. — Llamar a su madre.		7.30 p. m. — Acostarse.
7.30 a. m. — Revisar memorandos del día.		

Eso es quedarse corto.

Quizá parezca un tanto excesivo. Y quizá parezca también que dedicaba más tiempo a comer y a rellenar sudokus que a ocuparse de su labor propiamente dicha, pero esa no es la cuestión. Para ella, lo importante era prepararse bien y mantener la cabeza despejada. Gloria era, sin la menor duda, la mejor en lo que hacía, y desde que nos falta, nadie ha estado a su altura. No ha vuelto a haber nadie como ella; por eso transigíamos con su horario de locos.

PERFIL: GLORIA

FALLECIDA

«Siempre imitada, jamás igualada».

Mensajes enviados: **92.345.678**
Rompecabezas completados: **532.489**
Aperitivos devorados: **134.432**
Ilustrada: **sí**
Papel en el instituto: **profesora**
Película favorita: **N/D**

ATRIBUTOS
- Gloria
- Gloria
- Gloria
- Única en su especie

OBJETIVOS
- Enviar los memorandos como es debido
- Degustar los aperitivos
- Completar más de diez ejercicios mentales

FRUSTRACIONES
- Ninguna

TECNOLOGÍA
- Los tubos

BIOGRAFÍA
Un prodigio de empleada y difunta alfa y omega de la Comisión. Aún hoy, los que una vez fueron bendecidos con su compañía hallan regocijo en aquella experiencia. Era literalmente la única que lograba hacer su trabajo a la vez que se aseguraba de que las comunicaciones no se cayeran. A la Comisión no le será fácil seguir adelante sin ella.

PERSONALIDAD
INTROVERTIDA	···⌛	EXTROVERTIDA
INTUITIVA	⌛·································	ANALÍTICA
REFLEXIVA	····················⌛················	EMOTIVA
JUICIOSA	·································⌛	PERCEPTIVA

La Junta

No son formas de hablar sobre los que ya no están.

La Junta era una gente muy rara que trepó a base de puñaladas hasta la cúspide de la pirámide de la compañía. Aunque se complacían en la convicción de que suponían un enigma para nosotros, las abejas obreras, era un secreto a voces que se reunían en un momento y una línea temporal específicos cada tres meses. Ya sé lo que estás pensando: «Así las opciones se reducen mucho». Y no te falta razón; por eso mismo, conviene que seamos discretos al respecto. ~~Por desgracia, el único miembro de nivel intermedio de la Comisión al que informaban era el Enlace, y, en fin, ésta se lo reveló a Cinco. Como dicen en Inglaterra, lo demás se diluyó en los ríos de sangre de la historia.~~

Borrar. Nadie tiene por qué estar al tanto.

No se sabe a ciencia cierta qué función desempeñaban en realidad los integrantes de la Junta. Al igual que sucede con las grandes corporaciones estadounidenses, se desconoce si en la descripción de su trabajo se hablaba de algo que no fuera vestir trajes de diseño y desviar unas escandalosas sumas de dinero a partir de nuestras nóminas. Dicho esto, ellos eran quienes se encargaban de tomar las decisiones, aunque no está nada claro qué decisiones eran ésas.

Ya basta de calumnias.

A. J. Carmichael

A. J. Carmichael fue el último en ostentar la jefatura de la Comisión. Era un *shubunkin*, una variedad de carpa dorada que podía controlar un cuerpo robótico. Te vas a encontrar con muchas cosas raras durante tu estancia en la Comisión, sea cual sea el departamento en el que acabes, pero difícilmente verás algo más raro que A. J. Te estarás preguntando cómo es posible que se diera una… ¿Cómo decirlo? Una situación como la suya. Lo cierto es que no lo sé. Nadie lo sabe, salvo el propio A. J., que, por desgracia, se llevó el secreto a la tumba.

¿No es una obviedad?

A. J. era, sin lugar a dudas, un directivo avezado, pero, lamentablemente, su limitada capacidad de coordinación impidió que escapara del hacha que Cinco empuñaba. Lo que me intriga es si la Comisión habría llegado a recuperar el esplendor de antes bajo la batuta de A. J. Sospecho, no sin gran pesar, que nunca lo sabremos.

PERFIL: LA JUNTA – PERCIVAL HOWE

«Que coman brioche».

Puntuación máxima: **63**
Palo preferido: ***driver***
Decisiones tomadas: **7**
Brunch habitual: **mimosa**
Papel en el instituto: **el niño rico**
Película favorita: ***Babylon***

ATRIBUTOS
- Golf
- *Brunch*
- Piscinas infinitas
- Multitud de casas

OBJETIVOS
- Eludir la oficina
- Ir bajo par
- Cargarlo todo a la tarjeta de empresa

FRUSTRACIONES
- El trabajo
- La autoestima
- La pregunta de: «¿Qué función cumples aquí?»

TECNOLOGÍA
- Raya
- Vanguardia

BIOGRAFÍA
Se le solía encontrar en el campo de golf dándole golpecitos a la bola. Cuando no estaba tomándose unas cervezas en el club de campo con los chicos, se dedicaba a gestionar sus inversiones y a meditar adónde viajaría de vacaciones esa semana. Nunca se aburría, ya que su cuenta de Raya le enviaba notificaciones a todas horas para avisarle de las posibles parejas a las que podría conocer en las distintas épocas de la historia. Se rumorea que una vez tuvo una cita con la mismísima Cleopatra. Cuando le pregunté al respecto, dijo que era demasiado caballero para responderme a eso.

PERSONALIDAD

INTROVERTIDO	·······································X··	EXTROVERTIDO
INTUITIVO	····················X················	ANALÍTICO
REFLEXIVO	···············X·····················	EMOTIVO
JUICIOSO	····X································	PERCEPTIVO

PERFIL: EL JEFE – A. J. CARMICHAEL

«No me vuelques».

Cuerpos usados: **23**
Tiempo por kilómetro: **6 min 43 s**
Empleados despedidos:
   5.483.959
Comida de acuario favorita:
   pececitos
Papel en el instituto: **el director**
Película favorita: **Tiburón (Jaws)**

ATRIBUTOS
- Nadador
- Don de mando
- Prodigio de la ciencia
- Bien vestido

OBJETIVOS
- Mantener la cabeza erguida
- Reducir el tiempo por kilómetro
- Nadar a menudo

FRUSTRACIONES
- La lógica
- Tener que usar el aseo
- Echar de menos el mar

TECNOLOGÍA
- Su propio cuerpo
- Las tiendas de caza y pesca

BIOGRAFÍA
A. J. era el amo del barrio, y la verdad es que se ganó su autoridad. Muchos se burlaban de él durante sus días de novato, pero poco a poco supo ascender hasta convertirse en el pez más gordo de todos. Era inteligente, bueno y feroz en el combate. Era un agente curtido que un día retomó la vida en el despacho. Lo movía la misma intención que me mueve a mí: hacer que este sitio funcione sin problemas durante tanto tiempo como sea posible.

PERSONALIDAD

INTROVERTIDO	·············⋈···	EXTROVERTIDO
INTUITIVO	····⋈············	ANALÍTICO
REFLEXIVO	······⋈··········	EMOTIVO
JUICIOSO	············⋈····	PERCEPTIVO

LA CULTURA DE LA COMPAÑÍA

Auggie, limítate a escribir el dichoso libro.

Innecesario. Te recuerdo que es un manual para los empleados.

Algo que creo que se pierde en las secciones como esta es la objetividad. Es decir, ¿cómo voy a hablar de la cultura de la compañía cuando yo mismo formo parte de ella? Por lo tanto, en lugar de contarte cómo llegué aquí, me gustaría mostrártelo. Añadiré a continuación un pasaje de mi diario personal, con la esperanza de que relatar mi experiencia sirva para enriquecer la de los demás.

Día 17

Mañana tengo una cita para entrar en la gran liga. Después de diecisiete días y dieciséis noches yendo de una charla de orientación a otra y viendo los vídeos de adiestramiento en bucle, consideran que estoy listo para un ascenso.

A veces, durante los descansos, me pregunto qué habrá sido de los candidatos que no conseguían mantener los ojos abiertos durante las clases. Un día los tenía al lado, en el aula, incapaces de rendir como se esperaba de ellos, y al siguiente ya no estaban. Se rumorea que les dieron una indemnización muy generosa para cerciorarse de que no volviéramos a saber nada de ellos. Dejaré que los números los pongas tú.

Mi caso ha sido distinto. Me han ascendido muy pronto. Siempre supe que era especial. Estaba hecho para esto, pero ahora tenía la confirmación indiscutible de esa gente a la que tanto admiraba. Y otra cosa que tengo a mi favor es que me han puesto bajo el mando de uno de los miembros con más poder dentro de la compañía, el Enlace. Con su donaire rebosante de vitalidad, es difícil pasarla por alto, aunque ¿qué sentido tendría eso? Ella simboliza el empoderamiento que la Comisión podría ayudarme a alcanzar. Lo único que tengo que hacer es aprender todo lo que pueda.

Voy a ser feliz, a sentirme realizado y a tener esperanza en el futuro.

Cielos. Ignoraba que escondieras un lado optimista.

Día 18

Si dispusiera de un maletín, regresaría al día de ayer y me abofetearía por albergar ilusiones sin fundamento alguno. No calificaré al Enlace de «malvada», porque esa descripción sólo puede emplearse con una persona y ella no tiene ni pizca de humanidad.

El día empezó con un letrero de alarma gigante parpadeando ante mis ojos. Se me convocó en las dependencias del Enlace, donde encontré una nota en la que se me requería que la despertara con una interpretación a capela de She'll be coming round the mountain when she comes. Además, se despertó de muy malas pulgas, porque agarró un león de bronce que tenía cerca y me lo tiró a la cabeza. Si no me hubiera apartado a tiempo, tendría un agujero en la cara del tamaño del Valle de la Muerte.

Después, tocaba ayudarla a vestirse, lo cual, si bien en principio parece pan comido, en la práctica es un suplicio. Su fondo de armario es tan amplio que tuve que entrar en distintas habitaciones sólo para sacar una pajarita y un sujetador. No me fue nada sencillo dar con ellos, porque ambas prendas estaban sepultadas bajo un montón de ropa; y estas montañas alcanzaban tal altitud que buscar un pendiente equivalía a salir de escalada. Pronto dejé la mente en piloto automático, así que no recuerdo nada de lo que pasó hasta la hora de la cena, cuando el Enlace me hizo cocinarle su plato predilecto, macarrones con queso de Kraft; sólo que tenía que ser una variante que traía la pasta con la forma de los personajes de Bob Esponja. Aunque a mí la petición me dejó estupefacto, ella se quedó bastante tranquila, de modo que aproveché para escabullirme mientras comía a papo lleno. Me propuse plasmar estos hechos en mi diario lo antes posible, pues más pronto que tarde temo que mi cabeza opte por protegerse, olvidando el día al completo.

Admito que tiene su gracia.

Día 25

Siento que haya dejado pasar tanto tiempo sin añadir nada más, pero he estado preocupado por el trabajo. Siempre que me cruzo con otros auxiliares por los pasillos, hablamos de nuestras respectivas labores, y me asombra lo distintas que son. Uno de estos estudiantes ya ha viajado en el tiempo con un maletín, y a otro incluso le permitieron controlar la Centralita del Infinito durante unos minutos. ¿Cómo he podido tener tan mala suerte? Supongo que debí de hacer algo muy malo en el pasado para merecerme esto ahora.

Si escribo estas líneas hoy es porque el Enlace y yo acabamos de hacer el repaso de la semana. La reunión comenzó en su despacho, bajo el hedor de su pipa extravagante. Una vez que superé un prolongado acceso de tos, que según ella era «una prueba irrefutable de que jamás llegaría a ninguna parte», me informó de mis progresos. En definitiva, no mostraba la aptitud necesaria para incorporarme a Operaciones Especiales, por lo que se había llevado una gran decepción conmigo. Y aunque quise corregirla y decirle que claro que no mostraba la aptitud requerida, porque

Increíble.

mi pretensión era ocupar un escritorio y ponerme a salvar vidas, en lugar de salir al terreno para acabar con ellas, no tuve la menor ocasión. Me fue imposible meter baza en medio de su monólogo sin fin y sus toses esporádicas e incontrolables. En cualquier caso, pese a su evaluación negativa, se ha decidido que yo siga «aprendiendo» de ella durante otras dos semanas. No se me ocurre peor sanción.

Después de comentarlo con un amigo, creo que cometería un error si ahora llenara el diario con mis lamentaciones, por muy deprimente que sea mi vida en estos momentos. La vida consiste en algo más que odiar a tus superiores y obsesionarse con sus inseguridades.

Auggie del futuro, tal vez acabes olvidándote de estas recomendaciones, pero confío en que vuelvas a recordarlas si un día hojeas estas páginas. Además, hoy he comido tiras de pollo en el autoservicio. Estaban para chuparse los dedos.

Estas líneas serán las últimas que escriba en el diario. Como cabía esperar, las cosas se han torcido bastante, porque no podía suceder de otra manera. El Enlace sigue aprovechándose de mí. Me hizo la canallada de enviarme a la Edad de Piedra para buscar una joya única y traérsela a ella. Hasta que no me atacó un tigre dientes de sable, no me consideró apto. Me cambiaron de departamento y otro infeliz ocupó mi lugar. No le deseo lo que he pasado a nadie que lea este libro. <u>Sin embargo,</u> esta ha sido mi experiencia.

Hablaré con franqueza desde la primera hasta la última página. Ya lo he dicho con anterioridad, pero quiero reiterar esta promesa. Nos jugamos demasiado como para que entres en la Comisión a ciegas.

No te centres en tu visión personal. El tono debe ser neutral y profesional.

ALOJAMIENTO Y ATUENDO

No hay por qué quitarle esa idea de la cabeza.

La gente cree que las instalaciones de la Comisión son un lugar esplendoroso, un emporio vasto donde la riqueza nunca se acaba y no existe nada negativo. Pero, como cualquier otra compañía, la Comisión es muy tacaña, y la mejor manera que tiene de ahorrar dinero es la de siempre: explotar a los jóvenes. A los reclutas no se les paga hasta que no se incorporan de forma oficial en la empresa. Por lo tanto, el tiempo que has dedicado a ver vídeos, a poner en práctica distintas técnicas y, demonios, incluso a leer este libro, no se te va a remunerar. Esto se hace así para animar a los recién llegados a esforzarse un poco más, con la esperanza de que algún día puedan iniciar una carrera que les recompense con algo más que la experiencia adquirida.

Borrar.

~~Como requisito de acceso a la academia, a los candidatos se les pide que aporten doscientos dólares para sufragar los gastos del atuendo escolar. Otros dos mil se requieren para cubrir los planes de manutención, que consisten en dos comidas por jornada en el autoservicio.~~

Después está la residencia, construida en ladrillo y esculpida por los dioses para acoger a nuestros amados nuevos miembros, porque, como está demostrado, un buen descanso es fundamental para el correcto desarrollo de los muchachos. Y ahora en serio, las habitaciones dejan bastante que desear. Una vez que abras la puerta chirriante de la entrada, te encontrarás con unas monótonas paredes grises, adornadas con algún que otro desconchón y con el surtido de abolladuras que dejaron atrás los enfurecidos antiguos alumnos. Si tienes suerte, te adjudicarán una habitación en la primera planta; y si no, tendrás que aventurarte a subir por las rechinantes escaleras de madera, que fueron reparadas por última vez en… En fin, ya nadie se acuerda.

La cosa no mejora mucho cuando entras en la estancia. El olor a colchones mohosos te abofetea en cuanto rebasas el umbral. Si eso no basta para

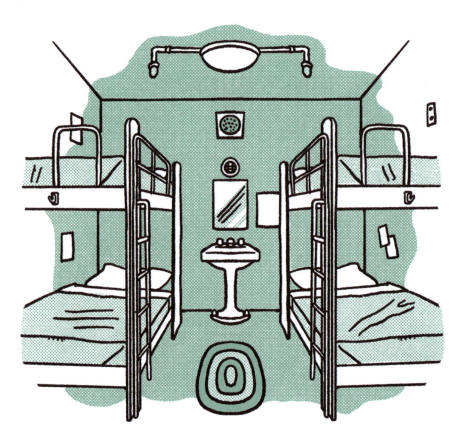

sobrecargarte los sentidos, la cama de tu compañero estará a sólo metro y medio de la tuya. ¡Reza para que sea de los que cuidan su higiene! <u>El aseo y las tres duchas serán de uso común para más de treinta personas de tu edad,</u> pero uno de los lavabos, por alguna razón desconocida, no funciona nunca. Ah, y claro, es la primera vez que vives fuera de casa y tienes las hormonas revolucionadas. Te deseo mucha suerte con los exámenes.

 En todas las plantas hay una sala de descanso donde los aprendices pueden participar en distintas actividades de ocio, como jugar al *Pong* en un televisor antiguo o a algún juego de mesa con los amigos. Estos espacios están concebidos para traerte a una época más sencilla, en la que no siempre sabías lo que la gente que te rodeaba estaba pensando; una época en la que las discusiones se zanjaban con una actitud resuelta y dando algún que otro grito, no en Internet; una época, en definitiva, en la que nadie se andaba con rodeos. Verás, los miembros de la Junta de la Comisión insistieron en que sus subordinados debían pasar las horas libres viviendo como en los tiempos en los que ellos crecieron (básicamente, los años cincuenta, por si no había quedado claro). Quieren que adoptes su filosofía y aceptes que tienen razón. Es la recompensa que se llevan por instruir a las nuevas generaciones, pues así

Quién volviera a ser joven.

ALOJAMIENTO Y ATUENDO

Leo esto con los ojos como platos.

reúnen a una legión de nuevos seguidores que difundirán su palabra. Y quizá estén en lo cierto, porque la historia la escriben los vencedores, aunque después la conserven los educadores.

El atuendo deberá ser de corte profesional. Muchos de nuestros empleados visten trajes de dos piezas para aparentar que aquí lo tenemos todo bajo control. A las mujeres se les permite llevar falda siempre y cuando ésta no se quede muy por encima de las rodillas. Somos una compañía increíblemente moderna. Pese a todas estas reglas, se admite introducir determinadas excepciones en lo que al vestuario respecta, si mejoran la estética del empleado y sirven para conferirle un aspecto, como dice la normativa, «espectacular».

A los alumnos se les requiere que guarden el traje en el armario, al término de la jornada. El conjunto habrá sido reemplazado por otro casi idéntico a la mañana siguiente, aunque hay quienes aseguran que se trata de la misma indumentaria, pero sin adecentar. Esta farsa sirve para que los

aprendices se convenzan de que han invertido bien el dinero… sin necesidad de demostrárselo mediante evidencia alguna. Además, se les multa en el caso de que el traje se estropee. Por ello, no se tolera ningún tipo de manchas, sobre todo las de sangre. Los agentes de Operaciones Especiales con órdenes de matar no pueden meterse en una simple refriega sin incurrir en gastos adicionales. ~~A mí me parece una estafa~~. Así que olvídate de añadir mostaza y demás salsas cuando te comas un perrito caliente en la cantina, no sea que se te desborde encima del traje.

Borrar.

MANUTENCIÓN

La oferta del autoservicio es tan sencilla como insípida. Los menús son diferentes para cada departamento. En Operaciones Especiales siguen una dieta alta en hidratos de carbono, dado que tanto viajar suele producirles… En fin, dejémoslo en «molestias estomacales». Hemos convertido los desplazamientos en el tiempo en una ciencia, pero sin lugar a dudas, todavía quedan algunos detalles por pulir. Un plato cotidiano en dicha sección es la pasta con mantequilla y un segundo de brócoli al vapor. Muchos de estos agentes vierten alguna salsa caliente sobre la comida «para tener algo que paladear», pero esta solución rara vez les quita el hambre. Debido a la sobriedad de las viandas, se estima que cada uno de estos empleados prueba más de cinco platos al día cuando sale de misión, sólo para poder saborear algo por cuenta de la empresa.

Gracias por hacérmelo saber.

Los analistas disponen de un amplio surtido de verduras y bebidas energéticas. Cuando el trabajo los obliga a permanecer despiertos por la noche, siguen teniendo que rendir al máximo. Asimismo, pueden servirse café solo a cualquier hora del día. No se les autoriza, sin embargo, a añadir más azúcar ni especias a su dieta, puesto que deben concentrarse en su labor, y no distraerse soñando con nuevos sabores. Dicho esto, lo que sí se les permite es salir a pedir truco o trato por el recinto de la Comisión en la noche de Halloween, y el botín acumulado tiene que durarles todo el año.

Este apartado contiene una información muy reveladora.

El Enlace nunca pasa por el comedor; sus platos se preparan aparte, conforme a sus indicaciones, y se los llevan al despacho. Al menos, eso es lo que ella cree. Uno de los primeros secretos de la Comisión de los que primero tuve conocimiento cuando trabajaba para ella, es que, en realidad, come lo mismo que todo el mundo. La única diferencia estriba en que la presentación de sus platos parece refinada y propia de la alta cocina. Una vulgar hamburguesa puede pasar por un exclusivo *filet mignon* si lo que más te preocupa es cómo te queda uno de tus 347 sombreros.

ALOJAMIENTO Y ATUENDO

Todas las empresas sufren algún que otro conflicto político, y la Comisión no es la excepción a esta norma. La zona de guerra más violenta son las inmediaciones del frigorífico. Sí, disponemos de un frigorífico. Pero no me malinterpretes, es bastante amplio gracias a sus generosos 895 litros de capacidad.

El Enlace se reserva para ella una buena parte del electrodoméstico, y cabe decir que a los otros mandamases nunca se les ha visto guardando ni sacando nada de él. Esto nos lleva a sospechar que disponen de una sala de descanso personal en alguna otra parte, adonde se retiran para librarse de la masa alborotada. El microondas es otro recurso disputado. Hay ciertas reglas básicas que todo el mundo entiende. Siempre cubrimos las salsas y, si podemos evitarlo, jamás comemos pescado. Tampoco se permite calentar en el microondas nada posterior al año 2050, dado que la acumulación de microplásticos podría provocar una explosión. Sé que estas normas parecen muy frívolas, pero cuando compartes el mismo espacio con tanta gente entrenada para matar, un poco de civismo puede salvarte la vida.

Aguafiestas.

PRESUPUESTOS DEPARTAMENTALES

A menudo, los empleados de la Comisión dicen a modo de broma: «Cuando no hay recortes de personal, cuidado con las cacas de cerdo que caen del cielo». Es decir, parece que siempre estamos sufriendo algún tipo de crisis, por lo que nunca se deja de escatimar ni en gastos de viaje, ni en el tamaño de los escritorios ni en nada en lo que <u>los mandamases pongan sus manitas codiciosas</u>. Afecta a todo. Al principio, cuando se fundó la Comisión, los equipos de Operaciones Especiales viajaban en grupos de cinco, concebidos para que los miembros se complementaran entre ellos. Estas unidades actuaban con una eficiencia formidable; los agentes que estaban ahí sólo por su cara bonita se descartaban por sí mismos, de modo que los líderes natos siempre acababan poniéndose al mando. Aun así, por desgracia, seguían sin conseguir los resultados exigidos, por muy preparados y convencidos que estuvieran. Pese a que lo tenían todo a su favor, la tasa de misiones fallidas superaba a la de objetivos cumplidos, y con notable diferencia. Por lo tanto, se decidió que se harían algunos recortes, porque, si el desempeño de este departamento no era satisfactorio, <u>¿por qué no desinvertir en recursos?</u>

Los fallos de la Comisión se convirtieron en una profecía autocumplida; les impedíamos a los agentes que recibieran la ayuda que necesitaban y, al mismo tiempo, los amonestábamos por rendir mal en situaciones imposibles. Los equipos de Operaciones Especiales no tardaron en empezar a reducirse, primero a cuatro componentes, después a tres y, más adelante, a su configuración actual, que los obliga a viajar por parejas a menos que se estime imprescindible mantener un tercer miembro. Y, sí, hablo de vosotros, los suecos.

 Si creías que los analistas se habían librado de la tijera, te equivocas de cabo a rabo. Es cierto que estos empleados son unas abejas obreras de bajo coste, pero eso no significa que no agradecerían la comodidad de una oficina

¿Los mismos que autorizan tus cheques?

Los subordinados siempre quejándose de las decisiones estratégicas.

¿Acaso lo creía alguien?

de nivel intermedio. Antes, cada analista disponía de su propio despacho, equipado con un escritorio, una silla e incluso una pizarra en la que trazar sus diagramas de flujo. Sin embargo, no ha habido mesura a la hora de retirarles los fondos a las piezas sobre las que se sustenta la Comisión. Primero se ordenó que estos despachos individuales pasaran a ser compartidos, y ahora los analistas trabajan juntos en unas salas pequeñas con cabida para veinticinco mesas, apretujados como sardinas en lata, sin más herramientas que una máquina de escribir para resolver los problemas más enrevesados de las líneas temporales. Quizá habías dado por hecho que los miembros de la Junta respetarían el tiempo y el espacio operativo de su gallina de los huevos de oro, pero, en realidad, se han desvivido para ponerles todas las trabas posibles a sus trabajadores más valiosos.

Las salas de descanso son las que se han llevado la peor parte. Antes eran un paraíso enrarecido, dotadas de una pista para jugar al tejo y de una ponchera más honda que la fosa de las Marianas. Incluso había planes para añadir una mesa de pimpón, y te diré una cosa, a la gente le entusiasmaba la idea. Se habría celebrado un torneo oficial, <u>Operaciones Especiales contra analistas.</u> Gloria contra el Enlace. Habría sido un duelo épico que podría haber generado esa sinergia con la que siempre he soñado, pero, lamentablemente, la iniciativa se descartó tras otro año de crecimiento negativo.

La verdad es que suena emocionante.

ARSENAL Y CAMPO DE BATALLA

Después de todo lo que llevo escrito, entiendo que pueda parecer un quejica, por lo que me gustaría conocer otras opiniones. Pienso que se debe decir la verdad siempre, y no me importa que a menudo esta filosofía me sitúe en contra de la Comisión. Así y todo, cuando los de arriba aciertan de pleno, no sería acertado por mi parte si no les reconociera el mérito. Lo que es justo es justo y, en lo que a armas se refiere, no se puede negar que la Comisión les concede carta blanca a sus agentes de campo. Está la Glock 9 reglamentaria, cómo no, pero después hay todo un mundo de posibilidades. Unos agentes optan por una pistola pequeña y otros, por un fusil de francotirador (desprovisto de mira, para así demostrar lo hábiles que son). Todas las soluciones están fabricadas a medida. Después de haberlas investigado a fondo, diría que el arma más extraña con la que ningún agente ha salido a trabajar es una pandereta con los bordes de las sonajas afilados. La más asombrosa, desde luego, sería un conjunto de dos catanas. Aunque espero que algún día consiga acomodarme detrás de un escritorio, aprecio que la Comisión sea tan indulgente en este aspecto. Y hablo muy en serio; nuestros compañeros se juegan la vida a diario y, como mínimo, se merecen salir ahí fuera sabiendo que aprovecharon al máximo su potencial creativo.

Esto sí que tiene enjundia.

¿Que qué elegiría yo si tuviera que salir al terreno? Me alegra que me lo preguntes. Sin duda alguna, me decantaría por un utensilio que ya empuñaban mis antepasados en el siglo XII. Se trata de una enorme maza de pinchos a la que llamaban la «Trituradora de Almas». No resulta fácil de manejar debido a los treinta kilos que pesa, pero cuando caía sobre el enemigo, se acababa el juego. Quizá te cueste creer que yo pueda blandir un arma semejante, pero te diré que voy a clases de pilates tres veces por semana, así que no me preocupa.

No le interesaba a nadie.

Auggie, tú no puedes levantar eso.

¿Y qué armas usan los analistas? La pluma es la espada para estos empleados, que la cargan de tinta decididos a matar. Algunos sostienen que, al limitar el acceso de los analistas a la tecnología, la Junta tan sólo pretende reducir costes, pero debo disentir. Los televisores de pantalla plana y los monitores grandes únicamente sirven para obstaculizar el trabajo en la oficina, eso es indiscutible. ¿Cómo van a observar el comportamiento de un gato después de castrarlo, si están distraídos haciendo la compra

Al fin, una sección que te sale bien. Me encanta el comentario sobre la personalización. Esto atraerá a los reclutas, sobre todo a los de Operaciones Especiales. Sé que no me lo has pedido, pero yo también te diré cuál sería mi arma ideal. Cuando era pequeña, mi padre... Perdona, me desvío del tema. Sería un lanzallamas. Lo admito, has conseguido que me deje llevar. ¡Bien hecho!

ARSENAL Y CAMPO DE BATALLA

por Internet? Al dejarlos anclados a la tecnología del pasado, se les anima a resolver los casos usando la cabeza (el arma más potente de todas), en lugar de depender de una IA o de un sistema de procesamiento de la información anticuados.

Muchas de las famosas armas de la Comisión aparecen en la representación de la antigua oficina de A. J. que puedes ver aquí arriba. Y a modo de obsequio, me gustaría hablarte de tres armas que nosotros consideramos legendarias, por cómo rompieron moldes. Sujétate bien la corbata porque el viaje va a ser movidito.

EL INSOSPECHADAMENTE VENENOSO PATITO DE GOMA

Esta arma de nombre interminable la utilizaba la célebre agente Juniper P. Constantine. Irradiaba un aura colorida. Siempre tenía una sonrisa en la cara y un girasol en el bolsillo de la pechera. En definitiva, dominaba el arte de disfrazarse.

Sé que ya he dicho que los agentes no siempre salían al terreno con órdenes de matar, pero no todos eran como Juniper. Sus actuaciones impecables le permitían presumir de una tasa de cumplimiento del 99,3 por ciento tras más de seiscientas intervenciones. Su sistema era muy sencillo; se servía de su personalidad festiva y directa para colarse en la casa de sus objetivos. Una vez dentro, se excusaba para ir al aseo, en cuya bañera dejaba caer una de estas figurillas. Salvo en una única ocasión, los objetivos, al ver el muñeco, siempre manifestaban su extrañeza. Pero después, empujados por la energía creativa de Juniper, se hacían la pregunta fatal: «¿No sería divertido bañarse con un patito de goma?».

En cuanto la goma entraba en contacto con el agua caliente, se liberaba una sustancia venenosa que penetraba por los poros de las confiadas víctimas. Éstas sólo tardaban tres minutos en perecer, pero al menos se despedían de este mundo totalmente relajadas.

¡Impresionante!

GEMELAS CON NUNCHAKUS DE TRES METROS

Esta arma no se caracteriza por su eficacia (algo que debería quedar claro ya sólo viendo la ilustración), sino por su singularidad. Las gemelas Veronica y Viola Winters llegaron a la Comisión debido a su técnica de lucha, poco convencional. Entre las dos manejaban un par de nunchakus con los que confundían y derribaban a sus contrincantes. Al menos, cuando todo iba bien.

Verás, los nunchakus son muy complicados de usar ya de por sí, pero se vuelven casi ingobernables si tienes que entenderte con otra persona. Aun así, puesto que las gemelas no se quejaban nunca y siempre se entregaban a fondo, la Comisión seguía enviándolas al terreno.

Con el tiempo, se comprobó que moría demasiada gente al estrellarse con el coche por haberse quedado mirando las escenas insólitas que protagonizaban estas dos, de modo que se las invitó a jubilarse. Según algunos informes, de vez en cuando se dejan caer por la Franja de las Vengas para actuar en la calle.

Un desperdicio de recursos.

UN SIMPLE CLIP

Esta arma, definida por su sencillez, la utilizaba el célebre asesino Niko Oliveria, alias el Chotacabras. Le encantaba la libertad que el trabajo le aportaba y ejecutaba su labor con un toque elegante. Recurría a un clip para sujetar papeles en lugar de a una pistola reglamentaria, porque creía que así se diferenciaba de sus compañeros.

Y qué guapo era…

Se tomaba su tiempo para completar las misiones, dado que necesitaba pinchar más de mil veces al objetivo con el clip, a fin de provocar una herida lo bastante grave para que se infectara. Por ello, en ocasiones le llevaba años acabar con un único blanco. A algunos, este sistema les parecía un desperdicio de recursos, pero, en general, a Niko se le consideraba un ejemplo abrumador de determinación.

Por desgracia, no le fue posible emplear este método durante mucho tiempo, pues falleció a causa de un disparo cuando se proponía pinchar a la que parecía una víctima desprevenida. Supongo que esa recomendación de no presentarse a un tiroteo armado sólo con un clip demostró ser cierta aquel día.

Nos dejó demasiado pronto.

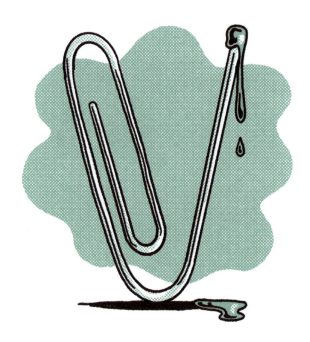

VACACIONES

La Comisión permanece operativa de forma ininterrumpida a lo largo de todo el año. Si entras en este negocio es porque quieres cambiar el mundo, no porque acostumbres a echarte una siesta a mediodía. Pero esto no significa que la gente no le eche imaginación para prolongar su tiempo libre. A menudo, los agentes de Operaciones Especiales discuten entre sí para que se les adjudique una misión fácil en un entorno de ensueño. En cierta ocasión, uno de estos empleados se pasó dos años destinado en Tahití, viéndoselas con un inteligentísimo adversario que le impedía completar su tarea. Esta consistía en hurtar unas golosinas de una tienda, y el adversario resultó ser un pastor alemán muy juguetón que el dueño tenía allí para que cuidara del local.

Los analistas lo tienen aún más complicado, atados como están a su mesa. Se puede recurrir a ciertos trucos, desde luego, y a estos trabajadores se les autoriza a solicitar un permiso turístico para viajar a la época deseada, a fin de llevar a cabo alguna labor de investigación. Después, los documentos obtenidos se le muestran a un tribunal compuesto por varios de sus iguales, el cual puede concederle una beca. Estas becas de investigación son muy difíciles de obtener, y los hallazgos se guardan debajo de siete llaves, algo que empuja a muchos a creer que todo es un ardid orquestado por los mandamases, con el propósito de reservarse para ellos tantos días de vacaciones como puedan.

Me estás aportando una información muy reveladora. Gracias, Auggie.

DE LA OFICINA DEL FUNDADOR

Auggie, después de leer tus reflexiones sobre la Comisión y los recortes que aplicamos, me invade una profunda sensación de vacío. Es cierto; al principio éramos muy ambiciosos, una organización con la que se podía contar, pero seguíamos acumulando un fracaso tras otro. Yo no tenía ninguna intención de echarme atrás; sin embargo, como Fundador, no respondo ante mí, sino ante una Junta que sólo pretendía, o bien que ganáramos o bien que las pérdidas fueran mínimas si fracasábamos. Si de mí dependiera, multiplicaríamos nuestra presencia por treinta, pero no disponemos de suficientes recursos para operar a esa escala. Nos ha tocado vivir en un momento muy extraño, ¿no te parece? Trabajamos casi al margen de las restricciones del tiempo, pero nadie, ni siquiera nosotros, es del todo ajeno a aquéllas. Podría decirse que estamos encerrados cada uno en nuestra propia celda y que los maletines sólo sirven para cambiar de perspectiva.

De un tiempo a esta parte, me he vuelto más agorero; mi salud empeora poco a poco, lo que me obliga a meditar sobre las decisiones que he tomado. Deseo de corazón que este experimento salga bien, pero no falta mucho para que incluso respirar me suponga un suplicio, y eso me lleva a preguntarme si tanto esfuerzo, tanto dolor y tanto sufrimiento merecen la pena. Quiero pensar que sí, pero, ahora mismo, el pronóstico no invita al optimismo.

En cualquier caso, te lo prometo. Hasta el día de mi último aliento, seguiré luchando.

DOSIER DE LA ACADEMIA UMBRELLA

ACADEMIA UMBRELLA (Y LILA)

Es imposible escribir un libro sobre la Comisión sin mencionar a las Academias Umbrella y Sparrow. Aunque sus integrantes son de buen corazón, con frecuencia su postura difiere de la nuestra. Sus poderes los convierten en una grave amenaza para la línea temporal correcta, y puede decirse que cada uno de ellos supone una anomalía distinta. Son un estorbo en todas las líneas temporales por las que se mueven y nunca dejan de darnos problemas.

    En esta sección, hablaremos de cada uno de los miembros por separado (de cómo son y de las técnicas más indicadas para combatirlos). Aunque se hallan distribuidos por multitud de líneas temporales, no tendría sentido referirse a ellos en términos generales. A fin de exponer todas estas ideas con mayor claridad, hablaré de lo que podríamos denominar su forma Alfa, la que tantos dolores de cabeza le está dando ahora a la Comisión por lo mucho que entorpece nuestras actividades. Describiré a los hermanos, no por el orden numérico que les adjudicó su padre, sino por la frecuencia con la que distorsionan la línea temporal. Me explayaré, asimismo, sobre el objeto que se debería guardar en cada uno de los maletines para hacerles frente con todas las garantías posibles. Por último, desgranaré la vida sencilla que llevan en las líneas temporales alternativas, para que así siempre sepas qué esperar en el terreno.

¡No es necesario!

VIKTOR HARGREEVES

Viktor Hargreeves es el integrante de la Academia Umbrella que más daños provoca en las líneas temporales; de hecho, su capacidad destructiva supera incluso a la de Cinco. Nació en San Petersburgo, Rusia, cuando su madre estaba participando en una competición de gimnasia aeróbica. Su padre adoptivo, Reginald Hargreeves, lo obligó a reprimir sus poderes cuando aún era un niño. En consecuencia, no pudo desarrollar todo su potencial hasta que se hizo mayor, por lo que le resulta muy difícil controlarlo.

Es lo que solemos llamar un kamikaze. El efecto que podría llegar a ejercer sobre el planeta, incluido él mismo, sería tan devastador como inconcebible. Verás, hay mucha gente que ostenta un poder excesivo (presidentes, multimillonarios y demás), pero estas personas comprenden que sus decisiones y sus actos podrían alterar de forma drástica el curso de la realidad. Viktor, en cambio, toma las decisiones dejándose llevar por sus impulsos y emociones, por lo que es muy difícil adelantarse a ellas y, sobre todo, sacárselas de la cabeza.

Su principal don siempre ha sido el de manipular el entorno. Puede aprovechar la preciosa música interpretada por una orquesta y convertirla en un arma. Se dice que, en las situaciones más extremas, se sume en un estado de inexpresividad durante el cual los ojos y el cuerpo se le ponen blancos. Sus poderes son tan impredecibles como inestables, circunstancia que se acentúa en los momentos de mayor tensión. Esto significa que, a veces, el impacto que tiene en el entorno aumenta de manera exponencial, aunque no sea su intención.

Es capaz de generar ondas de choque que parten de él con tal fuerza que hacen salir por los aires a los atacantes. Esto hace que a los agentes les cueste mucho acercarse a él, por lo que, siempre que sea posible, te conviene atacarlo por la espalda, ya que es <u>casi imposible</u> entablar un combate limpio. Y algo asombroso es que, según los registros, tiene la capacidad de levitar, razón por la cual todos los maletines incorporan una pequeña escala extensible, con la que los agentes pueden subir hasta los rincones más alejados. (Vale, es broma. No tiene gracia, pero había que relajar el ambiente.)

Sin lugar a dudas, es una de las pocas personas que a la Comisión le cuesta mucho quitarse de en medio. Ni siquiera con <u>nuestra tecnología disparatada, nuestros protocolos y nuestro ingenio</u> tenemos nada que hacer ante la bomba de neutrinos andante que es Viktor. Su existencia nos recuerda el lugar que ocupamos en el universo, y lamento repetirme.

No lo pintes como si fuera imparable.

Hace que parezcamos débiles.

ACADEMIA UMBRELLA (Y LILA)

Nuestro cometido es mantener el equilibrio, no crear otro que nos guste más. Si todos los miembros de la Comisión pudieran desatar el poder de Viktor, tengo muy claro que el universo no duraría ni cinco minutos en pie, así que demos gracias porque nunca lo hayamos invitado a unirse a nuestra organización.

Tácticas de combate

Para las misiones relacionadas con Viktor, se debería guardar en los maletines una píldora de cianuro que cause la muerte nada más ingerirla. Es una forma de despedirse de este mundo mucho más soportable que la de caer en sus manos.

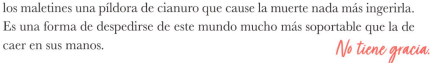

No tiene gracia.

Línea temporal alternativa

Lo más probable será que encuentres a Viktor impartiendo clases de violín en una humilde escuela de primaria de San Petersburgo. Consciente de que los niños apenas pueden permitirse sus respectivos instrumentos, trabaja en una cafetería los fines de semana, y, con el dinero que ahorra, se asegura de que todos los pequeños tengan algo que tocar. Aprovecha sus habilidades para dominar el sonido y amplificar la música que interpretan, pese a que el auditorio donde ensayan no ofrece la mejor acústica.

CINCO

<u>Cinco es toda una leyenda aquí.</u> Después de haber trabajado tanto en Operaciones Especiales como detrás de una mesa, puede decirse que ha hecho de todo. Que a nosotros nos conste, es el único humano que ha aprendido a viajar en el tiempo sin la ayuda de la Comisión. Ostenta un récord de 767 misiones cumplidas, pese a haber estado al servicio de la Comisión mucho menos tiempo que sus competidores. Ha derribado a algunos de los asesinos más despiadados de la historia moderna, casi sin despeinarse. Diablos, si hasta ha eliminado a varios empleados de la Comisión. Y todo esto lo ha llevado a cabo con su estilo y su elegancia característicos. Siempre emplea su intelecto brillante antes que sus habilidades físicas para poner nerviosos a sus adversarios.

El suyo es un caso muy peculiar, porque unas veces luchará a favor de la Comisión y otras en su contra, según las necesidades de su familia. Esto hace que su comportamiento sea bastante previsible, siempre que entiendas qué lo intranquiliza.

A pesar de su complexión menuda, Cinco es un asesino nato a quien la Comisión ha confiado algunas de sus misiones más angustiosas. Mantiene la calma durante las situaciones tensas y piensa con la cabeza en lugar de con el corazón. Feroz en el combate, no mostrará ninguna piedad a quien lo amenace. Se sabe que la mejor manera de lidiar con él es por medio de una discusión acalorada. Si consigues que algo le parezca medianamente razonable, es muy probable que lleguéis a un entendimiento.

Su principal habilidad es el «parpadeo», que le permite desplazarse por el espacio-tiempo y desaparecer de súbito. Este poder hace que sea muy escurridizo a la hora de pelear, y que reducirlo suponga un quebradero de cabeza. Debido a que se quedó atrapado en la versión de trece años de su cuerpo, su estatura se corresponde con la de un niño, por lo que muchos cometen el error de subestimar sus capacidades. Abundan los informes donde se relata como los agentes de la Comisión huyen a la carrera tras una lucha sangrienta con Cinco. Se recomienda, por lo tanto, <u>que los agentes de Operaciones Especiales permanezcan alerta siempre que interactúen con un menor</u>, no sea que uno de ellos sea Cinco.

Es el responsable de varios de los asesinatos más conocidos de la historia de la Comisión, de los que cabe destacar el del presidente John F. Kennedy. Asimismo, es el único agente de campo con un historial de eliminaciones completo. Ningún agente ha sido tan certero como él en el terreno. Fue el Enlace quien lo convenció para que se incorporara a la Comisión, y ése es el logro más sonado que se le puede atribuir como miembro de nuestra

Debería estar en la cárcel.

Quizá nunca llegamos a conocerlo a fondo.

Hemos perdido a multitud de hombres muy hábiles que se confiaron y bajaron la guardia.

ACADEMIA UMBRELLA (Y LILA)

compañía. Se lo reclutó por sus poderes y su formación, que lo convertían, por emplear las palabras del Enlace, en «el asesino perfecto». Sin embargo, la Comisión nunca comprendió del todo qué lo motivaba y lo animaba a seguir trabajando tan duro. Cuando Cinco abandonó la Comisión para salvar a su familia, el Enlace se llevó una sorpresa. Yo no.

La capacidad que tiene de saltar adelante y atrás en el tiempo es un encendido tema de debate, pese a que apenas existe documentación al respecto. En la Comisión hay quienes creen que es imposible viajar sin un maletín. Aseguran que, para que Cinco pudiera desplazarse en el tiempo, tendría que quebrantar las leyes de la física. Tiene gracia que, aunque todos los días seamos testigos de algún milagro, siempre ponemos en duda los que presencian los demás. *Ay.*

En cambio, otros (los más razonables) convienen en que, si bien Cinco puede viajar en el tiempo, estos saltos son tan impredecibles como inestables. Aunque pueda hacer lo mismo que con un maletín, el proceso no es ni de lejos igual de seguro. Lo sabemos porque siempre se pone a buscar otro maletín, desesperadamente, cuando pierde el suyo. *¡Bien visto!*

Lo más importante que hay que saber sobre Cinco es que actúa como una ventana que nos muestra lo que piensan los chicos de la Academia Umbrella. Pese a sus numerosas y admirables facetas (experto asesino, genio de sangre fría, viajero del tiempo), es por encima de todo un pragmatista, por lo que tiende a evitar los conflictos siempre que sea posible. Por ello, mientras muchos de los Umbrella enseguida montan en cólera y recurren a la violencia, Cinco siempre va a respirar hondo y a tomar la decisión más acertada.

Tácticas de combate

Cuando se trata de Cinco, siempre se tienen que incluir en el maletín unos grilletes, dado que no puede parpadear si no alcanza a verse las manos. *¿Esto está comprobado?*

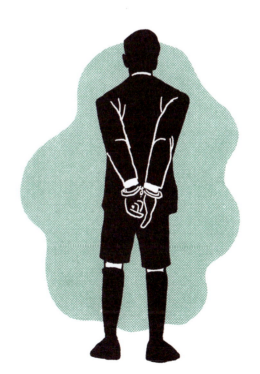

En esta ilustración se parece demasiado al Fundador. Revisar.

Línea temporal alternativa

Lo creas o no, Cinco no se pasa la vida derrocando gobiernos y encabezando revoluciones. Cuando no se ve obligado a salvar el mundo, se le suele encontrar desempeñando otras labores muy distintas, como padre hogareño en Dublín, Irlanda. Su esposa, una modelo que responde al nombre de Dolores, es célebre por la sencillez hipnótica de sus poses esculturales.

DE LA OFICINA DEL FUNDADOR

Las cosas que has escrito acerca de este chico... Uf, amigo, no sé qué pensar. Me recuerdan a alguien a quien perdí. Cuesta admitirlo, pero el trabajo me roba mucho tiempo, si se me permite la broma. Me gustaría pasar más tiempo pensando en la persona que era antes de todo esto. Si te soy sincero, ya ni siquiera recuerdo cómo me llamo, de tantos años que han pasado. Ahora soy el Fundador, y eso me basta. Todo lo demás se ha quedado en la cuneta.

Ah, qué bendición es ser joven. Lanzarse de cabeza contra los problemas, por muy complicados que sean, con la certeza de que encontrarás la solución. Aquí paso incontables horas a solas y, hasta que leí este libro, me sentía como si me hubiera desvinculado de aquello que construí. No me entra en la cabeza que algo así sea posible. ¿Tú lo entiendes? No, cómo vas a entenderlo. Esto lo levanté yo. Si existe, es gracias a mí. Sin embargo, se mantiene en pie sin que yo deba intervenir constantemente. He construido algo que ahora escapa a mi control. ¿Te haces una idea de lo aterrador que es algo así?

Me viene a la cabeza la primera vez que Cinco viajó en el tiempo. Ahí estaba, un simple crío, bendecido con un poder fascinante. Aun así, cuando empezó a usarlo, se perdió. Se quedó atrapado en un apocalipsis, apartado de su familia. Lo que intento decir es lo siguiente: se puede tener un poder inimaginable, pero llegar a dominarlo de tal manera que siempre se comporte como tú esperas...

En fin, eso tal vez sí que sea imposible.

ALLISON HARGREEVES

Allison sigue siendo uno de los miembros más impredecibles de la Academia Umbrella. Su poder es devastador e imparable si se emplea sin la debida preparación. Cuando pronuncia la expresión «Corre el rumor», obliga al rival a hacer lo que ella desee. Por ejemplo, si te dice «Corre el rumor de que te das un puñetazo en la cara», te aseguro que te va a doler la cabeza. Y por lo que tengo entendido, ya ni siquiera le hace falta emplear esa fórmula inicial, lo que la convierte en una luchadora aún más peligrosa.

Rumores.

Lo que la distingue del resto de los Umbrella es el don de manipular el universo a su antojo. Luther es capaz de levantar las cosas más pesadas y después volver a dejarlas donde estaban, sin el menor esfuerzo. Allison, por el contrario, puede convencer a un hombre para que se olvide de todo lo que sabe y mate a su hermano. Son poderes con un potencial muy diferente. Pero no te preocupes, existen ciertas técnicas para imponerse en el combate. Numerosos registros sugieren que a menudo refrena sus poderes por el efecto aplastante que desatan. Cuando esto ocurre, se vuelve muy vulnerable y es fácil de reducir. Pero ten cuidado. Si se siente amenazada, no tiene ningún problema en dejar a un lado sus principios, por lo que debes prepararte para cortarle las cuerdas vocales, aunque sólo sea por precaución.

Sí. Hay que aprovechar esos momentos en los que estos muchachos se vienen abajo.

Es una contrincante temible. Nosotros queremos restaurar el orden, y ella pretende poner el universo a sus pies.

Siempre protege a su hija, Claire, por lo que en la oficina también se la conoce por el apodo de «Mamá Osa». El deseo de proteger a la niña no sólo incrementa las probabilidades de que use sus poderes, sino también las de que los libere a mayor escala, hasta el punto de que podrían distorsionar el universo. A los agentes se les aconseja, por lo tanto, que se mantengan tan alejados de Claire como puedan, a fin de no situar la línea temporal en un curso irreversible.

Tácticas de combate

Cuando se lucha contra Allison, el maletín debe incluir unos auriculares con cancelación de ruido. Estoy seguro de que renunciar a la capacidad de oír a cambio de seguir siendo dueño de tus actos te parecerá un trato justo.

¿Funcionará esto?

ACADEMIA UMBRELLA (Y LILA)

Línea temporal alternativa

Allison tiene madera de política. Entre lo ocurrente que es y la necesidad de que la adoren, encaja muy bien en ese mundo. De la escena local pasa a hablar para todo el país. Su eslogan es: «¡Corre el rumor de que no se van a subir los impuestos!». Su mayor admiradora es Claire, la hija a la que adora y que siempre está a su lado.

KLAUS HARGREEVES

A menudo subestimado por los demás, Klaus es, en realidad, uno de los miembros de la Academia Umbrella que más influyen en la línea temporal. Es imprevisible, incluso cuando está sobrio, y su tendencia a abusar del alcohol y de todo tipo de drogas hace que sea muy complicado de entender, sobre todo para sí mismo. En una ocasión en la que había perdido el conocimiento, provocó un golpe en el Gobierno estatal de Wyoming, porque una holgada mayoría lo tomó por una especie de divinidad cuando lo vio salir dando tumbos de un coche aplastado. Fue considerado un líder religioso durante catorce horas, hasta que la Guardia Nacional intervino, de tal modo que Klaus se obligó a mantenerse sereno durante el tiempo imprescindible para disculparse por lo ocurrido.

La verdad es que tuvo que ser impresionante.

De niño, siempre se le cuestionó por el papel que desempeñaba dentro del equipo Umbrella, y de no ser porque esa figura ya le correspondía a Viktor, se habría convencido de que era el clásico miembro excluido. Puesto que no destacaba por su fuerza, siempre se tuvo por un lastre a la hora de pelear. Se quedaba al margen, con Reginald, desde donde apoyaba a los demás como podía, comunicándose con los muertos para trazar la ruta que debía seguir el equipo. Aunque su ayuda siempre era bienvenida, rara vez hacía falta, y el hecho de que no se responsabilizara de nada lo llevó a rezagarse durante el adiestramiento. Al hacerse mayor perfeccionó sus poderes, manteniendo la cabeza despejada durante el tiempo necesario para aprender a usarlos. Poco tiempo después, ya no sólo podía hablar con los muertos, sino que podía incluso reanimarlos, como hizo con su hermano Ben para que se sumara a ellos durante los combates, y, a decir de las malas lenguas, una vez también le permitió dormir con una chica. Cuando se tiene en pie, se sitúa al nivel de sus hermanos en términos de peligrosidad. El mero hecho de que trajera a Ben de vuelta durante un tiempo es motivo más que suficiente para que se le tema, pero no todo acaba ahí. El vínculo que lo une al mundo de los muertos lo convierte en un mensajero excepcional, dado que puede desentrañar determinados secretos que se creían olvidados hacía tiempo. En cierto modo, su mente funciona como un maletín. Puede traer el pasado al presente con sólo cerrar los ojos. Es asombroso.

Tras un encuentro con una versión de su padre en la línea temporal de los Sparrow, dominó su capacidad de resucitarse a sí mismo. Imagínate que estás siempre tan ebrio que no eres consciente de que no puedes morir. A decir verdad, más bien parece el sueño húmedo de cualquier agente de Operaciones Especiales. Klaus consiguió lo imposible. Una cosa es poder comunicarte con los muertos, pero ¿cruzar al otro lado y después volver? Buf, fue un descubrimiento que afectaba de un modo impensable a la línea temporal, y que lo puso todo patas arriba en la Comisión. Cuesta creerlo. Un ser humano que se rige por unas normas totalmente distintas de las que gobiernan sobre los demás. Estos hallazgos sirvieron para que el joven le encontrara un sentido a su vida, pero también hicieron de él un rival mucho más poderoso y lo pusieron en un cuadrante destacado de nuestro radar.

Debido a que no se le puede matar, emplear una fuerza letal contra él sería perder el tiempo. Lo más recomendable es maniatarlo o, mejor aún, inmovilizarlo de tal manera que le sea imposible usar ninguna extremidad. Resulta curioso lo rápido que la inmortalidad puede dejar de ser una ventaja para transformarse en un instrumento de tortura. ~~A juicio de los agentes más sádicos de la Comisión, un enfrentamiento con Klaus es fuente de incontables alegrías.~~

Borrar. Con que lo sepa yo es suficiente.

Tácticas de combate

Cuando vayan a vérselas con Klaus, sugiero que los agentes lleven un porro en el maletín, ya que lo único que les hará falta para evitar pelearse con él es montar una pequeña fiesta. Tampoco estaría de más añadir una bolsa de Cheetos picantes, por si la cosa se complica.

Es patético, ¡pero funcionaría!

Línea temporal alternativa

Por lo general, se le encuentra envejeciendo en una comunidad amish de la Pensilvania rural. Es un estilo de vida que encaja con él y que le aporta el tiempo libre que necesita para escribir poesías en un pergamino y cantar a los placeres más sencillos de la vida. Sus obras son aclamadas por todo el país, y de vez en cuando sale de la comunidad para leer sus versos en alguna convención menor. Pese al tono vitalista de sus composiciones, algunas parecen darle voz al más allá. Klaus asegura que estos poemas le salen solos durante las sesiones de espiritismo.

BEN HARGREEVES

La personalidad de Ben Hargreeves, como cabía esperar, depende de la línea temporal en la que te lo encuentres. El Ben de los Umbrella es amable y bondadoso, pero falleció muy joven a consecuencia de un trágico accidente. Se sabe que acompañaba a Klaus, dada la capacidad de éste para tratar con los espíritus de los muertos. Pese a su ausencia en la línea temporal de la Umbrella, debemos tener mucho cuidado con él. Sus poderes son espeluznantes, asombrosos y aterradores..

Puede hacer que le brote del estómago un monstruo de otra dimensión dotado de tentáculos. Esto le provoca un dolor insoportable. Es un joven bastante pacífico, por lo que, si de él dependiera, en vez de andar metiéndose en peleas preferiría retirarse a una cabaña junto al mar. Esto lo convierte en un adversario muy peligroso, ya que evitará el enfrentamiento a toda costa. ~~Por lo tanto, si el monstruo de los tentáculos acaba entrando en escena, ya no habrá nada que ni tú ni Ben podáis hacer.~~ Yo sugeriría agarrar el maletín y usarlo para salir de allí cuanto antes. Si eso no fuera factible, siempre se puede, no sé… ¿rezar?

Borrar. Siempre contamos con más recursos. Somos la Comisión.

Es tan desinteresado que cuesta explicárselo a quien no conoce la relación que mantiene con sus hermanos. Se da por hecho que fue él quien absorbió la onda expansiva de la explosión que desató Viktor y que puso fin a la segunda línea temporal de los miembros Alfa de la Academia Umbrella. A los agentes de Operaciones Especiales les costará lidiar con la empatía de estos muchachos; si titubeas al enfrentarte a Ben, quizá no vivas para contarlo. Es honesto y leal hasta el exceso, y hará lo imposible para defender a su familia, por muy caro que le salga. Por lo tanto, si Ben te sale al paso en el terreno, ten claro que protegerá a los suyos a toda costa.

Tácticas de combate

En el caso de Ben, recomiendo meter en el maletín unas galletitas de las Girl Scouts para ofrecérselas, a fin de que permanezca tranquilo y no invoque al monstruo de los tentáculos.

Línea temporal alternativa

Se le suele encontrar en Seúl, convertido en un chef de alta cocina especializado en la elaboración de platos de marisco. La aversión que les tomó a los tentáculos lo llevó a dedicarse a este oficio, y ahora la gente viene de todos los rincones del mundo para degustar su afamado *san-nakji*.

DIEGO HARGREEVES

Diego Hargreeves, un justiciero con sed de venganza, sabe hacer de todo. Aparte de Cinco, es el único miembro de los Umbrella que ha visitado y trabajado para la Comisión. Se las apañó para librarse de la sesión introductoria (algo con lo que los reclutas normales sólo pueden soñar) y entrar en la sala de la Centralita del Infinito. Se puede decir que, si tuvieras que describir cómo sería el primer día ideal, se parecería mucho al de Diego. Aun así, los guardias no tardaron en dar con él y detenerlo. Esta treta demuestra que <u>en la Comisión hay que estar en guardia en todo momento,</u> dado que las fuerzas externas tratarán de servirse de nuestra tecnología para sus fines.

Diego es un experto lanzador de puñales, que puede modificar con la mente la trayectoria de los proyectiles que arroja. Siempre del lado de los

Además, es muy apuesto.

Eso debe quedar claro; ¡somos duros de pelar!

perdedores, se complace en darles su merecido a los maleantes. Utiliza un escáner de la Policía trucado para llegar a la escena del crimen antes que los propios agentes. Pese a que lleva una vida solitaria, se sabe que, en ocasiones, ha colaborado con las fuerzas del orden y que se considera una especie de Batman; no es el salvador que al mundo le gustaría conocer, sino el que necesita en estos momentos y toda esa palabrería. Con frecuencia se le ve practicando el lanzamiento de puñales, que doblan las esquinas para derribar a los blancos más inalcanzables. Se decanta por las armas blancas en lugar de por las de fuego, porque «son una pasada» y se requiere de mucha pericia para controlarlas bien. Aunque, por lo general, emplea sus poderes para manipular los puñales, sé de buena tinta que podría interceptar un aguacero de balas si las circunstancias lo exigieran.

<u>Su estilo de lucha no se basa en la estrategia.</u> [*Por decirlo de un modo amable.*] Puede entrar a cañón (o a cuchillo) en la pelea sin antes haber calibrado la situación. Por ello, las trampas y los juegos psicológicos son una manera bastante eficaz de detenerlo. Dicho esto, lo mueve un gran corazón y pelea con pleno convencimiento. Si tomara la iniciativa en el combate, te costaría mucho repelerlo. Además, debido a su trasfondo como justiciero, nunca se muestra amable con el enemigo. Te matará en un abrir y cerrar de ojos si se siente acorralado.

Se preocupa por los demás y se sacrificará sin pensárselo dos veces para proteger a su familia. Todo el mundo sabe que existe una cierta competencia entre Luther y él, puesto que están siempre tirándose pullas sobre quién debería encabezar a los Umbrella. Esta rivalidad la fomentó su padre adoptivo, Reginald Hargreeves, para que se pasaran la vida intentando superarse el uno al otro. Si bien su vínculo se ha estrechado a lo largo de los últimos años, siempre es buena idea hacer que vuelvan a enfrentarse, para que se desconcentren y así echarlos del tablero.

En general, parece que el efecto que Diego ejerce en la línea temporal es bastante limitado. De hecho, las ramificaciones que surgen cuando liquida a un malhechor son lo que suele causar los mayores problemas. En otra línea temporal, mató por accidente en un bar al hijo de un senador de Estados Unidos, suceso que derivó en la proclamación de una nueva Ley Seca.

Tácticas de combate

Si te ordenan luchar contra Diego, guarda en el maletín una palanca, porque es un arma voluminosa que no se lanza contra el adversario y, por ende, el justiciero no podrá hacer nada para detenerla.

Línea temporal alternativa

No te costará encontrarlo jugando a los dardos y desplumando a la gente en los peores tugurios de la Ciudad de México. Lo habitual es que yerre el blanco en los dos primeros lanzamientos, para después acertar justo en el centro durante el resto de la partida.

LUTHER HARGREEVES

Luther es el líder propiamente dicho de la Academia Umbrella, pese a que sus poderes no resulten tan impresionantes como los de sus hermanos. Su fuerza y su resistencia sobrehumanas palidecen en comparación con la habilidad de saltar en el tiempo o la de manipular las ondas sonoras. Aun así, de pequeño respetaba las reglas en todo momento, lo que llevó a Reginald Hargreeves a adjudicarle el sobrenombre de «Número Uno». Se caracteriza por mantener la cabeza fría durante las misiones y por atenerse siempre al plan establecido. Las dificultades que tiene para adaptarse a los cambios sobre la marcha a menudo enfurecen a los demás, pero también podría decirse que él aporta el lienzo para que ellos desaten su creatividad. Ya en su bisoñez tomaba el mando de las misiones y se enfrentaba a los delincuentes cara a cara. Es obvio que era él quien le insuflaba moral al equipo a tan tierna edad.

Vuelves a quedarte corto.

Queda un poco soso.

Su cuerpo se corresponde en un 43 por ciento con el de un gorila, debido a un incidente que tuvo lugar cuando él era el único miembro en activo de los Umbrella. A fin de sanar su cuerpo maltrecho, se le inyectó el ADN de un macho de espalda plateada. Aunque en un principio la operación parecía un disparate, dio buen resultado. El único inconveniente fue que Luther, que siempre había sido muy atractivo, tendría que vivir el resto de sus días con el cuerpo desfigurado. Dicho esto, existen numerosos informes sobre distintas mujeres que se han acercado a él en un bar, según las cuales esta transformación «tenía su lado negativo pero también su parte positiva». Que cada uno saque sus propias conclusiones.

Borrar. Menuda grosería.

Siempre agradece que lo traten bien. Tiende a confiar en los demás y a apoyar a aquellos en quienes cree. El compromiso que adquirió de niño con la Academia le impidió madurar en el aspecto sentimental, y las circunstancias complicadas que lo unían a su hermana adoptiva, Allison, enturbiaron aún más estas aguas. Dada la inseguridad que su condición de célibe le provoca,

ACADEMIA UMBRELLA (Y LILA)

suele enfadarse cuando algo lo confunde y titubea ante aquellas situaciones que escapan a su control. Recurrirá a la violencia si se ve acorralado y nunca negociará ningún tipo de tregua, a menos que alguno de sus hermanos intervenga.

Tácticas de combate

Antes de enfrentarse a Luther, es preciso meter en el maletín una figurilla de Reginald Hargreeves. Al enseñársela, sucumbirá al peso de sus traumas paternofiliales y se convertirá en un blanco fácil.

Bueno, seamos sinceros, nadie le tiene miedo a este trozo de pan. Nos convendría más ir en compañía de un peso pesado del boxeo. Cualquiera sería más peligroso que Luther. ¿Deberíamos elegir a Mike Tyson? ¿O quizá a Mohamed Ali? Lo dejo en tus manos.

Línea temporal alternativa

A Luther se le suele encontrar trabajando de bombero en un pueblecito de Suecia. Ya ha hecho tres veces de míster Marzo en el calendario del cuerpo. Siempre que tiene un rato libre, le gusta ir al zoológico para hacerles muecas a los gorilas.

LILA PITTS

Además de un Brutus moderno.

Lila Pitts es la hija adoptiva del Enlace. En un primer momento, barajé la idea de incluir su ficha junto con las de la Academia Umbrella, pero después decidí que no merecía verse entre los granujas de sus hermanos. Si acaso, la situaría entre Cinco y Allison. Según los rumores más verosímiles, fue uno de los bebés que nacieron en 1989, al mismo tiempo que los miembros de la Academia Umbrella y los de la Sparrow. Si no estás al tanto de lo que sucedió ese año, baste decir que fue cuando cuarenta y tres mujeres de distintas partes del mundo dieron a luz de forma espontánea. Durante la línea temporal Alfa que nos ocupa, Reginald Hargreeves, siempre tan excéntrico, fue y adoptó a siete de estas criaturas (Luther, Diego, Allison, Klaus, Cinco, Ben y Viktor), de las que intuía que poseían unos poderes insólitos. Y estaba en lo cierto.

Parece un poco raro, ¿verdad?

Lila es la sombra del Enlace en la Comisión, pero en absoluto cabe considerarla su perro guardián. Durante los días aborrecibles que pasé trabajando para el Enlace, la muchacha se solidarizaba conmigo a menudo, cuando su madre estaba ocupada en otros asuntos (me ayudaba a recoger los trozos de los platos rotos y a rociarlo todo con el ambientador, si se me ordenaba resolver algún «incidente» en el aseo). Lila irradia una pureza

A alguien le gusta alguien.

que ansía escapar a la gravedad que la órbita demencial del Enlace ejerce. Tiene unas habilidades fuera de lo común, ya que necesita estar cerca de algún miembro de los Umbrella o de los Sparrow para que se activen. Cuando actúa por su cuenta, se maneja con gran destreza en el combate. Su estilo de lucha puede parecerles absurdo a sus oponentes, pero de alguna manera siempre logra controlar la situación. Su mayor poder consiste en la imitación, que saca a relucir cuando se enfrenta a alguien dotado de algún don especial, lo que la convierte en un arma secreta de apariencia inofensiva para la Comisión.

¡No se lo digas a nadie!

Incluso Cinco, un experto asesino, ve en ella a una combatiente digna, puesto que la capacidad de la joven para reproducir el poder que él tiene de viajar en el tiempo no deja de asombrarlo. Viktor, cuyo poder supera al de todos sus hermanos, acabó agotado durante un enfrentamiento cuerpo a cuerpo con Lila. Ésta, pese a su buen hacer en el terreno, es mucho más letal con la pluma que con la espada; prefiere la manipulación psicológica antes que la fuerza física. Le divierte abstenerse de recurrir a sus poderes aplastantes sólo para darle una paliza a alguien.

Debido a sus capacidades, no trabaja como agente de Operaciones Especiales, sino como auxiliar del Enlace. Ésta la envía a rematar las tareas que no le confiaría a ningún otro empleado. Así, Lila se ha convertido en una especialista que suele intervenir en las misiones más complicadas. Esto es algo que me preocupa, ya que podría ayudar a hacer un mundo más justo; sin embargo, se la ha convertido en una sicaria aplaudida que, en lugar de enderezar el universo, lo retuerce conforme a la voluntad del Enlace.

Espero que la <u>gente como Lila, esas personas que son especiales de verdad,</u> colaboren para hacer un mundo mejor. La Comisión siempre te tienta en un sentido u otro. Puedes asomarte a la Centralita del Infinito y presenciar cualquier momento de la historia, o pedir un maletín y aparecer de pronto en la misma mesa que ocupa Winston Churchill. Todo te atrae con sus cantos de sirena, tan próximo y accesible para cualquiera de los que estamos aquí. Pero ¿y el poder de contar con toda esta información y, aun así, preferir luchar por el bien? Para mí, eso es lo más heroico que se puede hacer en esta vida.

Modérate, Auggie.

Tácticas de combate

Si te encargan enfrentarte a Lila, incluye en el maletín un plato de *sushi*, ya que se olvidará de la pelea al instante para sentarse a devorarlo.

Línea temporal alternativa

Se la puede encontrar ensayando con su banda de versiones de Paramore en un pequeño estudio del este de Londres. Al grupo, los Mimics, le gusta montar conciertos en las salas subterráneas, donde se les permite apagar las luces y machacar los instrumentos hasta altas horas de la noche.

REGINALD HARGREEVES

Tal y como se ha confirmado en numerosas ocasiones, Reginald es un extraterrestre, aunque, en principio, eso no es algo que nos concierna. Nosotros trabajamos sobre todo con la gente, y alguien como Reginald supone una anomalía indescriptible. Quizá sea un error meterlo en el mismo saco que a sus hijos adoptivos. Aun así, es una figura relevante que se debe tener en cuenta en todo momento.

También es quien encabeza las Academias Umbrella y Sparrow. Esto significa que Hargreeves es quien instruyó a los adversarios más poderosos de la Comisión. Pero ¿cuáles fueron sus motivaciones? Manejamos varias teorías. Una de las más aceptadas es que querría revertir la línea temporal para resucitar a su difunta esposa. De confirmarse tales sospechas, Reginald pasaría a ser el mayor enemigo de la Comisión. Estaría intentando restablecer el universo que tanto nos cuesta mantener en pie. Otra hipótesis sostiene que veía demasiadas series basadas en crímenes reales, lo que lo llevó a convencerse de que necesitaba formar un clan de guardaespaldas con superpoderes que lo protegieran. Aún hoy, este sigue siendo un encendido tema de debate.

Reginald es difícil de complacer, no sólo como crítico, sino también como padre. La severidad con la que crio a los chicos de la Academia Umbrella está más que documentada. Su arrogancia y su negativa a ejercer de guía para la familia desembocaron en un cúmulo de fracasos para el equipo, a saber: la inseguridad de Luther, la rebeldía de Diego, la soberbia de Allison, la incapacidad de Klaus para dominar su habilidad de resucitar o el hecho de que Cinco estuviera desaparecido durante cuarenta años. Tal vez incluso provocara que Ben falleciera demasiado joven. Y mejor no hablar del maltrato emocional al que sometió a Viktor cuando más sensible era éste.

Es curioso, ¿verdad?, que el hecho de que Hargreeves fracasara en todos los aspectos de su vida lo colocara en una posición dominante y acabara desestabilizando tanto a los Umbrella como a los Sparrow.

Su egoísmo hace peligrar todas las posibles líneas temporales. Puedes decir lo que quieras sobre los miembros de la Comisión (al menos, yo sí lo digo), pero incluso cuando fallamos en algo, está claro que somos los mejores en nuestro campo. Con Reginald, sin embargo, nos preguntamos: ¿hay algo que se le dé bien de verdad? ¿Tiene algún tipo de encanto? ¿Se debe todo a su astucia? ¿O es sólo que lo acompaña la suerte?

Conocerás a mucha gente durante tu paso por la Comisión (unas personas serán más poderosas y otras más irrelevantes, a otras se las considerará

¿Tenías una relación complicada con tu padre? No sé qué pensar después de leer esto.

incompetentes... En fin, verás de todo). Pero es importante que tengas siempre en cuenta lo caprichosa que es la vida; que la gente como Reginald consiga salir adelante, amasar millones y levantar auténticos imperios sobre los hombros de los demás es algo que no cambiará nunca.

La mejor forma de tratar con Reginald siempre ha consistido, por desgracia, en evitarlo por completo. A pesar de sus fracasos, ningún miembro de la Comisión ha logrado impedir que fundara la Academia Umbrella (y créeme, lo hemos intentado). Las Academias son una constante y, por lo tanto, también lo es Hargreeves, a quien podríamos describir como el alma de la fiesta.

DOSIER DE LA ACADEMIA SPARROW

ACADEMIA SPARROW

Los integrantes de la Academia Sparrow, hermanastros segundones de los Umbrella, ponen de manifiesto lo mucho que la realidad puede diferir entre dos líneas temporales. Al tomar la decisión de adoptar a unos bebés distintos en esta nueva línea temporal, Reginald se brindó a sí mismo otra oportunidad de formar al equipo de superhéroes perfecto. Sin embargo, como no podía ser de otro modo, volvió a fracasar en el intento. Aun así, te hablaré un poco de todos ellos, por si tienes el placer de encontrártelos. *¡Buf!*

SLOANE HARGREEVES

Sloane es uno de los miembros con más talento de la Academia Sparrow. Su capacidad de levitar y de hacer flotar los objetos que haya en torno a ella también le permite volar. El dominio que tiene sobre sus poderes, en combinación con su carácter sereno y considerado, reduce las probabilidades de que esté implicada cuando se desata una crisis en la línea temporal.

El control que ejerce sobre el entorno la convierte en una luchadora difícil de eliminar. ~~Puede lanzar a lo lejos a los agentes más corpulentos con sólo sacudir la mano~~. *Borrar.* Por lo tanto, hay que tocarle la fibra sensible a fin de que los agentes que se envíen a por ella no sufran daños.

Dadas las similitudes que hay entre ellos, Sloane y Luther enseguida establecieron un vínculo sentimental. En el plano físico, podría decirse que Sloane es la más fuerte de los Sparrow, pero son como tiburones en una pecera. En su universo no existe nada que suponga una amenaza para su superioridad y, en consecuencia, los miembros que se prestaron al adiestramiento con más dedicación terminaron siendo los que más destacaban; pero a Sloane, que siempre prefirió mantenerse en un segundo plano, se la mira con desdén.

Todos ellos son unos marginados, cada uno por una razón diferente, que creen que su vida es una desgracia. Y las desgracias nunca vienen solas.

Tácticas de combate

Cuando tengas que plantarle cara a Sloane, recomiendo que vayas acompañado de algún animal pequeño, como un cachorrillo, y dejes que su enorme corazón la ablande mientras la reduces.

Línea temporal alternativa

La encontrarás trabajando de trapecista en el *Cirque du Soleil*, sirviéndose de su capacidad insólita para mantener el equilibrio, y de lo cómoda que se siente en las alturas, para ejecutar las acrobacias más peligrosas. Gracias a que siempre sabe caer de pie, jamás ha sufrido la menor lesión.

CHRISTOPHER HARGREEVES

Te diré lo que pienso yo sobre sus orígenes. Apoyo esa teoría de que era más pequeño cuando nació (dudo que abultara más que un cubo de Rubik) y de que se hizo más grande con el tiempo. Lo que me pregunto es si todas sus facetas serán igual de anchas. Vuelvo a divagar. Me parece un tipo genial, nada más.

Christopher es un cubo que flota. Apenas se sabe nada sobre su naturaleza, pero sus hermanos lo aceptan y lo tratan como a uno más. Hay varias teorías sobre cómo, ejem, llegó a este mundo. Algunos aseveran que nació con forma humana, pero que un incidente con una tecnología extraña lo convirtió en un hexaedro. Otros, en cambio, creen que nació así, y cuando se les pregunta cómo es posible, dadas sus proporciones, arguyen que al principio era más pequeño y que después fue creciendo. A los que tienen acceso a la Centralita del Infinito les divierte mantener la verdad en secreto, para que sus compañeros sigan debatiendo acaloradamente al respecto.

Posee un poder formidable con el que es capaz de derribar incluso a los oponentes más temibles. Puede irradiar un potente pulso eléctrico que lo somete a unos temblores fortísimos. Pese a que no faltan los que especulan con que es un extraterrestre, nos consta que no es así, dado que Reginald, que se caracteriza por ser un padre pésimo, jamás habría adoptado a un ser con el que pudiera tener algo en común.

Christopher sabe trabajar en armonía con el equipo y está dispuesto a llevar sus poderes al límite en beneficio de los que lo rodean. No se sabe a ciencia cierta en qué consisten estas habilidades, puesto que aún no tenemos claro su alcance. Por lo tanto, lo más sensato es tratarlo con toda la amabilidad posible.

Tácticas de combate

En lugar de sugerir que te pertreches con algún utensilio en concreto cuando vayas a enfrentarte a Christopher, me limitaré a recomendarte que abras la mente. Será la única manera de que no te quedes sin habla cuando aparezca ante ti un cubo flotante disparando rayos en todas direcciones.

Línea temporal alternativa

Algo que suele ocurrirle, por ser tan pequeño, es que lo confundan con un cubo de Rubik. Siempre complaciente, le cuesta decir que no y acaba prestándose al juego.

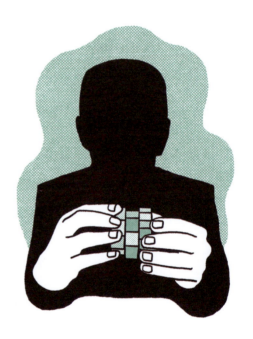

FEI HARGREEVES

Si te digo la verdad, Fei siempre ha sido mi preferida. Ciega de nacimiento, ha tenido que aprender a hacerlo todo a su manera. Posee la habilidad de dirigir una bandada de cuervos mediante los movimientos de su cabeza. Esto le permite estar en todas partes al mismo tiempo, pero además de enviar a los pájaros a vigilar el entorno, también los usa a modo de feroces rapaces.

Suele acercarse a sus enemigos con una calma absoluta y esperar a que ellos hagan el primer movimiento en su contra. Pero cuidado, esta actitud calculadora no es ningún punto débil. No tiene ningún inconveniente en sacarse los guantes, si la situación lo exige, para iniciar un ataque implacable. Por lo general, un agente de la Comisión puede repeler a un máximo de cinco cuervos, pero ¿qué ocurre cuando lo hostigan diez? ¿O quince? ¿O veinte? En cualquier caso, un combate contra Fei siempre entraña un alto riesgo.

Rara vez provoca destrozos de consideración en las líneas temporales, pero, de vez en cuando, alguno de los cuervos se le escapa y termina haciendo alguna travesura. En la Comisión llamamos a este fenómeno la «horquilla córvida», y es el tipo de anomalía que más a menudo señala nuestro radar cuando hay algún animal implicado.

Tácticas de combate

En el caso de Fei, recomendaría que los agentes llevaran un poco de alpiste en el maletín para distraer con él a los cuervos. Sin estos, resulta mucho más fácil de derrotar.

Línea temporal alternativa

Lo habitual es que aproveche su capacidad de comunicarse con los animales para abrir un exitoso refugio de mascotas. En él acoge a multitud de animales heridos, procedentes de todo el mundo, que no sobrevivirían en su entorno natural. Gracias a que puede hablar con ellos, se la conoce por la exactitud de sus diagnósticos.

EL BEN DE LOS SPARROW

Si alguien puede demostrarnos hasta qué punto una persona es distinta en función de la línea temporal en la que se encuentre, ése es el Ben de los Sparrow. Tiene exactamente el mismo ADN y el mismo poder sobrecogedor que su homólogo de la Academia Umbrella y, sin embargo, su personalidad no guarda el menor parecido con la de éste. Volvemos a la pregunta de siempre, ¿verdad? Es decir, ¿el carácter  es un rasgo innato o adquirido? Pero creo que quedarnos ahí sería simplificar demasiado las cosas. ¿Es eso todo lo que somos? ¿La amalgama de nuestras circunstancias? ¿Simples prisioneros de nuestro entorno? Lo dudo mucho, y si estás leyendo estas líneas es muy probable que pienses igual que yo.

Entonces ¿qué sucedió en el caso del Ben de los Sparrow? Este joven existía en una línea temporal donde todos los integrantes de la Umbrella salvo él viajaron atrás en el tiempo para conocer a su padre adoptivo, al que causaron una impresión pésima. Más adelante, cuando esa versión de Reginald se dispuso a comprar a los bebés de las madres que habían dado a luz de forma espontánea, ignoraba que también debía descartar a Ben. Éste se crio en un entorno competitivo bajo el sobrenombre de Número Dos, en lugar del Seis que se le asignó en la línea temporal de la Umbrella. Ahora que se veía a un paso de culminar la pirámide jerárquica, decidió anteponerse a los demás, actitud que lo convirtió en un luchador más débil. Como ves, el verdadero poder de Ben no guardaba relación alguna con sus dones. No, nunca es tan sencillo. Tenía la habilidad de comunicarse con un mundo oscuro, un lugar con el que nunca hemos podido entablar contacto desde la Comisión. Este proceso no sólo le provocaba un dolor atroz, sino que además entrañaba un gran riesgo. Cada portal que se abría multiplicaba las probabilidades de que el propio Ben se viera arrastrado a esa dimensión tenebrosa. Lo que hacía fuerte al Ben de los Umbrella era, por un lado, lo mucho que quería a su familia y, por otro, el hecho de que estaba dispuesto a sacrificarse por ésta.

Queda demostrado, por lo tanto, que no fue el entorno lo que lo moldeó. Más bien fue Ben quien moldeó su entorno. Somos nosotros quienes elegimos la vida que llevamos; considerarnos impotentes como una hojita que se ve arrastrada por la corriente no es forma de dirigir nuestra vida. Tienes que

A veces me pregunto si no harías mejor en dedicarte a la filosofía, en lugar de desperdiciar tu talento en la Comisión. Te encanta coquetear con lo absurdo.

decidirte a alejarte del cauce ya establecido para vivir de verdad sin restricciones. Éste es un principio fundamental dentro de la Comisión, una forma de pensar que nos permite hacer del mundo un lugar mejor. No somos nuestras circunstancias, sino que las creamos. Para convencerte, no tienes más que fijarte en el caso de Ben.

Tácticas de combate

A los agentes que deban medirse con el Ben de los Sparrow les recomiendo que se equipen con un vídeo de un pase de modelos masculino. Ben se parará a criticar su estilo, ocasión que los agentes podrán aprovechar para huir.

Línea temporal alternativa

Se le suele encontrar luciendo abdominales en los desfiles de Abercrombie & Fitch. Los cazatalentos del circuito profesional lo descubrieron y contrataron cuando trabajaba en un supermercado de pueblo.

JAYME HARGREEVES

Ojalá pudiéramos embotellarlo. Los agentes agradecerían contar con un arma así de potente.

Jayme tiene la peculiar habilidad de dirigir un salivazo hacia su blanco para sumirlo en un trance alucinatorio. El veneno hace que el cerebro responda cayendo en el equivalente a la fase REM del sueño. De esta manera, los pensamientos más recónditos de la víctima se ponen al mando y la convierten en un zombi. Jayme emplea este don para desentrañar los secretos más inconfesables de sus rivales y para atacarlos aprovechando su vulnerabilidad. Se sabe que es así como ha llevado a cabo varios interrogatorios en colaboración con la Policía, y si bien las respuestas no pueden considerarse una prueba oficial, sin duda sirven para orientar a los federales en la dirección correcta.

En ocasiones, hace lo mismo con los agentes de la Comisión, dada su capacidad de distorsionar la realidad de quienes la rodean. Al contrario que sus hermanos, se ha observado que, debido a que se encuentra en contacto con el veneno de forma permanente, para ella la vida no conforma una secuencia lineal, sino que se compone de un abigarramiento de espejismos ramificados. En resumen, asomarse al interior de su cabeza sería como emprender un viaje psicodélico.

Tácticas de combate

Sugiero que en los maletines de la Comisión se incluya una máscara reglamentaria de apicultor cuando la misión requiera acercarse a Jayme. Este accesorio se podría usar de muchas maneras, es decir, no sólo para repeler su veneno, sino también para mantener a raya a las abejas e incluso para marcar tendencia.

Línea temporal alternativa

Se la puede encontrar utilizando su veneno para encantar a las serpientes más dañinas. Siempre consigue que se relajen cuando les muestra sus deseos y sus sueños más ambiciosos.

ACADEMIA SPARROW

MARCUS HARGREEVES

De todos los miembros de las Academias Umbrella y Sparrow, Marcus es quien menos distorsiona la línea temporal. Es un magnífico cabecilla que inspira al resto de los Sparrow para que sigan una estricta rutina de entrenamiento. Así logra que estén siempre centrados, lo que reduce las probabilidades de que vaya cada uno por su lado, haciendo trastadas. Esta cohesión los convierte en un grupo muy disciplinado, donde los unos cuentan con el apoyo de los otros.

Como líder es muy competente, pero lo tenía muy fácil cuando no existían contrincantes a la altura de los Sparrow. Debido a esta ausencia de competidores, Marcus no estaba listo para afrontar el caos que se desató con la aparición de la Academia Umbrella; vivía centrado en su faceta más glamurosa, sin preocuparse por instruir al equipo de cara a una guerra real. En consecuencia, a los Sparrow les interesaba más posar para los reportajes fotográficos y firmar contratos para rodar películas que luchar contra las fuerzas del mal. Porque, sencillamente, no había nadie que les plantase cara antes de que sus hermanos desconocidos entraran en escena. La Academia Umbrella trastocó por completo el concepto que tenían de la vida. Se suponía que sólo ellos eran especiales, pero al volverse las tornas, Marcus tuvo que renunciar a su papel de guía.

Tácticas de combate

Para lidiar con Marcus basta con meter en el maletín unos guantes de boxeo, porque, a decir verdad, a los agentes de la Comisión no les intimida mucho. Eso sí, deberían practicar un poco de deporte, pues ¿qué podría hacer Marcus? ¿Saltar por encima de ellos?

Me ha hecho gracia esta burla. No tengo claro que debamos incluir a Marcus en la lista. Quizá sea mejor borrarlo.

Línea temporal alternativa

A Marcus se le suele encontrar triunfando como receptor en el equipo de fútbol americano del instituto. Cuando finaliza su etapa estudiantil, a menudo acaba vendiendo coches de ocasión en un concesionario de Honda.

ALPHONSO HARGREEVES

Alphonso posee uno de los poderes más desconcertantes de los que he tenido conocimiento durante mis investigaciones. Puede procesar el daño que el oponente le inflige, de tal manera que lo redirige contra éste. Lo mueve un cierto masoquismo, por lo que no es la compañía más recomendable, dado que siempre anda buscando pelea para curarse el ego herido.

Si no te preparas bien para luchar contra él, puede darte muchos problemas. Se sabe que se mofa de sus enemigos y que los tienta para que lo muelan a palos, y así provocarles el mismo dolor a ellos. Lo más aconsejable es hacer que se agote, algo que no debería de llevar demasiado tiempo, ya que siempre ha eludido los entrenamientos. Por lo tanto, conviene guardar las distancias y no atacarlo hasta que tengas la certeza de que está extenuado.

Tácticas de combate

Has incidido en su punto débil y en la forma más sensata de reducirlo. Bien hecho.

Sugiero que guardemos en todos los maletines unas zapatillas de deporte y un capote rojo, por si algún agente tiene que hacer de torero para cansarlo.

Línea temporal alternativa

Por lo general, lo encontrarás aprovechando su extraordinaria resistencia al dolor para abrir un gimnasio en su pueblo. Es el *sparring* perfecto, porque puede encajar un golpe tras otro y seguir en pie como si nada.

ACADEMIA SPARROW

LA LÍNEA TEMPORAL

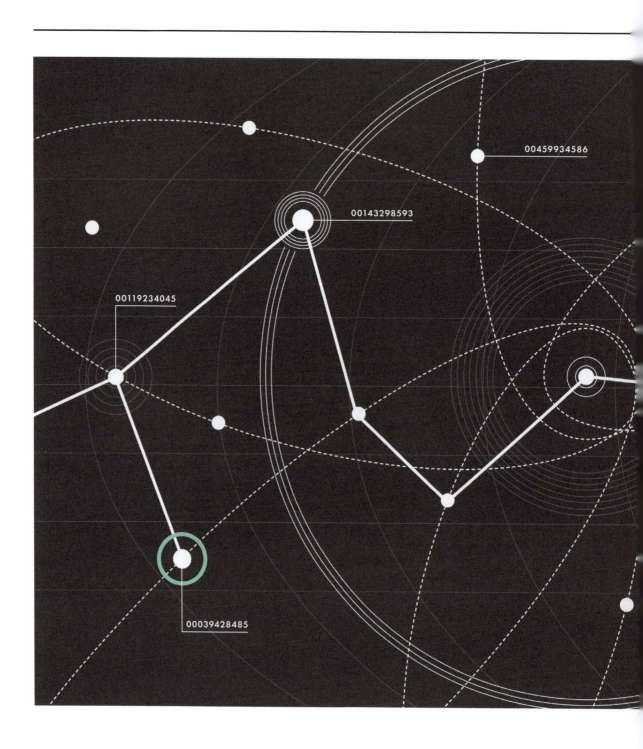

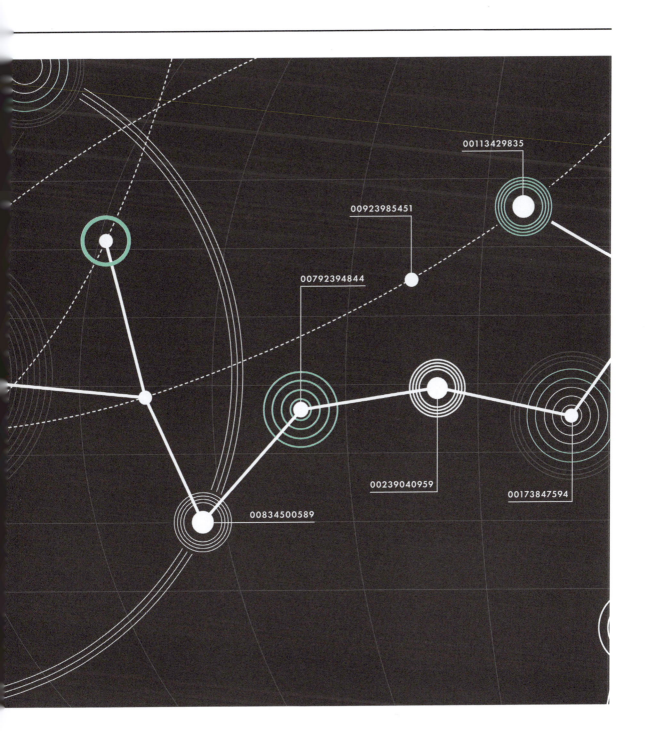

LA LÍNEA TEMPORAL (CONTINUACIÓN)

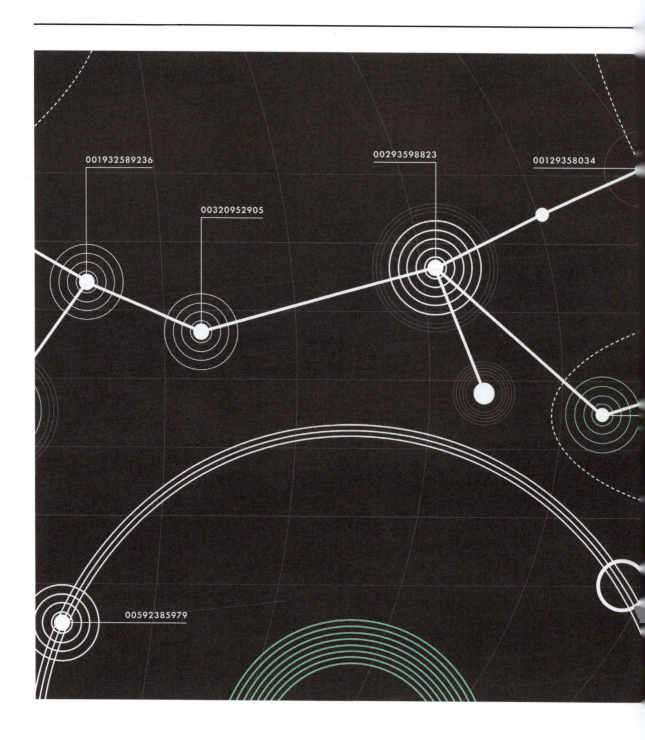

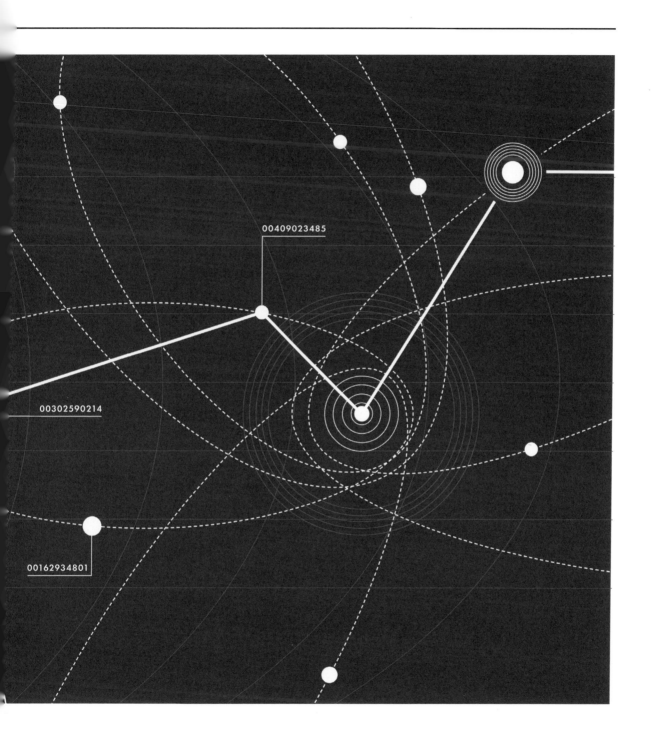

CONCLUSIÓN

Ahora que quedan tan pocas páginas por leer, quizá creas que has concluido el adiestramiento. Craso error. La labor que desempeñamos aquí es tan compleja que no puedes hacerte ni una ligera idea de en qué consiste si te limitas a leer al respecto, por muy correcta que sea la redacción. Aunque me encantaría darme una palmadita en la espalda y felicitarme a mí mismo por el trabajo bien hecho, la fría y dura verdad es que la formación que recibas aquí sólo será el principio. Aprendes con la práctica, desde luego, pero, sobre todo, aprendes cuando te equivocas.

Cuando sales ahí fuera, corres riesgos y demuestras que te importa lo que haces. Así es como de verdad se aprende. Hay infinidad de maneras de destacar dentro de la Comisión, y ninguna de ellas consiste en sucumbir a la pereza y mostrar una actitud pasiva. Lo hemos puesto todo a tu disposición y te estamos esperando. Lánzate. Ayúdanos a devolverle al mundo el equilibrio que tanto necesita. Únete a nuestro equipo, no sólo como empleado de nivel básico, sino para llevar a cabo la promesa de garantizar un futuro mejor. Formas parte de la próxima generación y ahora estás aquí. ¿Qué piensas hacer con esta oportunidad que se te brinda? El tren no pasará dos veces.

Te diré una cosa, Auggie, y es que admiro tu actitud y tu capacidad para expresar tu punto de vista con eficacia. He llegado al final de este libro teniendo muy claro lo que piensas de la Comisión y de la gente que la sostiene en pie. Sería un desacierto tacharte de cínico. No me cabe la menor duda de que adoras este sitio y salta a la vista que escribir este libro te ha costado sangre, sudor y lágrimas.

No obstante, has errado el blanco. Tu trabajo no consiste en ponerle un espejo delante a la Comisión y señalarle sus defectos para que todos los vean, sino en reforzar su imagen, en agrandarla. Eres una rueda más de la maquinaria, una pieza minúscula dentro de un sistema gigantesco. Tus intentos de salirte de la norma están de más; tu prosa y tu lenguaje florido no aportan nada aquí. Sé breve, conciso. No des más explicaciones de las imprescindibles.

DE LA OFICINA DEL FUNDADOR

Es curioso, ¿verdad? He formado una coalición de gente capaz de viajar atrás en el tiempo, pero de lo que me dispongo a manifestar ahora, ya nunca podré desdecirme, por mucho que me cueste aceptarlo. La Comisión ha sido un fracaso. Y no porque no hayamos puesto el suficiente empeño, debo añadir. Porque sabe Dios que nos hemos empleado a fondo, ¿o no es así? No... No, desde el principio hemos estado luchando una batalla perdida. Lo que interpretábamos como signos de progreso eran, sencillamente, los pulsos aleatorios de un monitor cardíaco que empezaba a apagarse. Lo cierto es que nunca tuvimos la menor oportunidad.

Poco importa cuántos fuéramos; la situación era irreversible. Lo convertimos todo en una ciencia, pero éramos incapaces de aceptar la conclusión que el universo nos trajo: no deberíamos salvar el mundo. Suena desolador, me consta, pero es la verdad innegable. ¿Por qué nos torturamos con ese falso concepto de que podemos impedir que este gran espectáculo llegue a su fin?

No sé por qué hablo de «nosotros». La idea de fundar la Comisión fue mía, de nadie más. Lo hice para proteger un mundo que nunca podría reparar por completo, y por eso hoy depongo mi espada. Miro al vacío ineludible y le digo: «Bien, tú ganas». Esta no es la carta de un vencedor. No hay ninguna batalla épica tras la que asaltamos el trono contra todo pronóstico. Por citar a un hombre mejor que yo: «Así es como el mundo se acaba. No con una explosión, sino con un gemido».

Gracias por haber intentado salvar el mundo conmigo.

No es ningún secreto que las cosas se han descontrolado un poco por aquí desde que el Enlace se puso al mando. Todos los días perdemos a decenas de empleados y nadie sabe con certeza cuánto tiempo nos queda. Encontré esta copia de la primera versión del manuscrito en una estantería del fondo de la biblioteca. Era un poco más joven cuando la escribí, y, si bien varias de las notas que añadió Margot tenían todo el sentido del mundo, otras me daban ganas de meter la cabeza en la licuadora y encenderla a máxima potencia.

La cuestión es que yo estaba en lo cierto y ahora sé que el Fundador era de mi parecer. No había forma de evitar que fracasáramos. Estoy seguro de que anoche oí a una mujer gritando: «¡Auggie tenía razón!», aunque quizá sólo exclamara: «¡Menudo nubarrón!». Lo que intento decir con todo este fárrago es que sigo teniendo esperanza.

Crear un sistema imperfecto no significa que no pueda existir otro perfecto.

A lo largo de todo este libro, el Fundador ha manifestado lo agradecido que les está a todos los que han trabajado aquí. Con esta adenda me gustaría darle las gracias también a él. Aquí hay otro contingente que quiere intentarlo una vez más, que desea que nos concedamos otra oportunidad de hacer las cosas bien. Y eso no nos sería posible si el Fundador no hubiera trabajado tan duro para traernos hasta este punto.

Ahora dejaré este libro en la misma estantería del fondo de la biblioteca. Si lo has leído, cuentas con la preparación necesaria. Somos pocos, pero cada vez se nos suman más compañeros Hoy nos reuniremos en la cantina de la Comisión. Mañana, quién sabe.

Cuento contigo.

— Auggie

OFFICIAL MERCHANDISE
© NETFLIX

THE UMBRELLA ACADEMY.
EL MANUAL DE LA COMISIÓN

Título original: *The Umbrella Academy: The Comission Handbook*

© 2024 Universal Content Productions LLC. Reservados todos los derechos.
Publicado originalmente en inglés en 2024 por Abrams Books, un sello de ABRAMS,
Nueva York (Reservados todos los derechos en todos los países por Harry N. Abrams, Inc.)
© 2024, Matt Epstein
Ilustraciones de Jon Kutt, The High Road Design
(excepto las de las páginas 8, 10, 28, 68, 78, 89 y 102)

Traducción: Raúl García Campos
D.R. © Editorial Océano, S.L.U.
C/ Calabria, 168-174 - Escalera B - Entlo. 2ª
08015 Barcelona, España
www.oceano.com

D.R. © Editorial Océano de México, S.A. de C.V.
Guillermo Barroso 17-5, col. Industrial Las Armas,
Tlalnepantla de Baz, 54080, Estado de México

Primera edición: 2024

ISBN: 978-84-127944-4-1 (Océano España)
ISBN: 978-607-584-013-0 (Océano México)
Depósito legal: B 14400-2024

Reservados todos los derechos. Ninguna parte de esta publicación puede ser reproducida,
almacenada o transmitida por ningún medio sin permiso del editor. Cualquier forma de
reproducción, distribución, comunicación pública o transformación de esta obra sólo
puede ser realizada con la autorización de sus titulares, salvo excepción prevista por la ley.
Diríjase a cedro (Centro Español de Derechos Reprográficos, www.cedro.org) si necesita
fotocopiar o escanear algún fragmento de esta obra.

IMPRESO EN ESPAÑA / *PRINTED IN SPAIN*

9005840010724

Esta obra se imprimió y encuadernó en el mes de julio de 2024, en los talleres de Egedsa, que se localizan en la calle Roís de Corella, 12-16, nave 1, C.P. 08205, Sabadell (España).

PROPIEDAD DE LA COMISIÓN

CLASE DE ACADEMIA	NOMBRE DEL RECLUTA

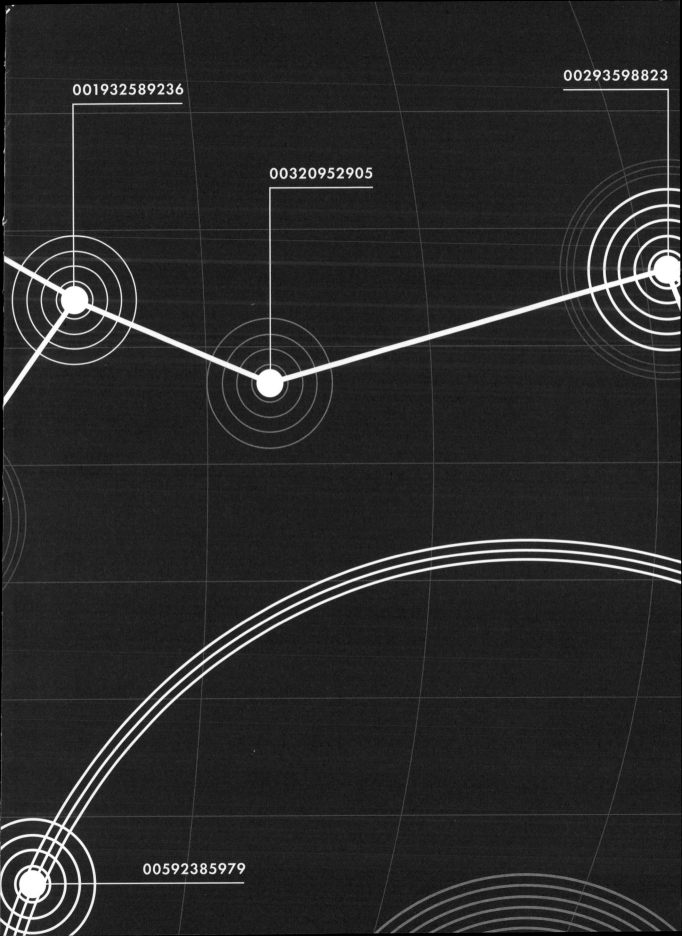

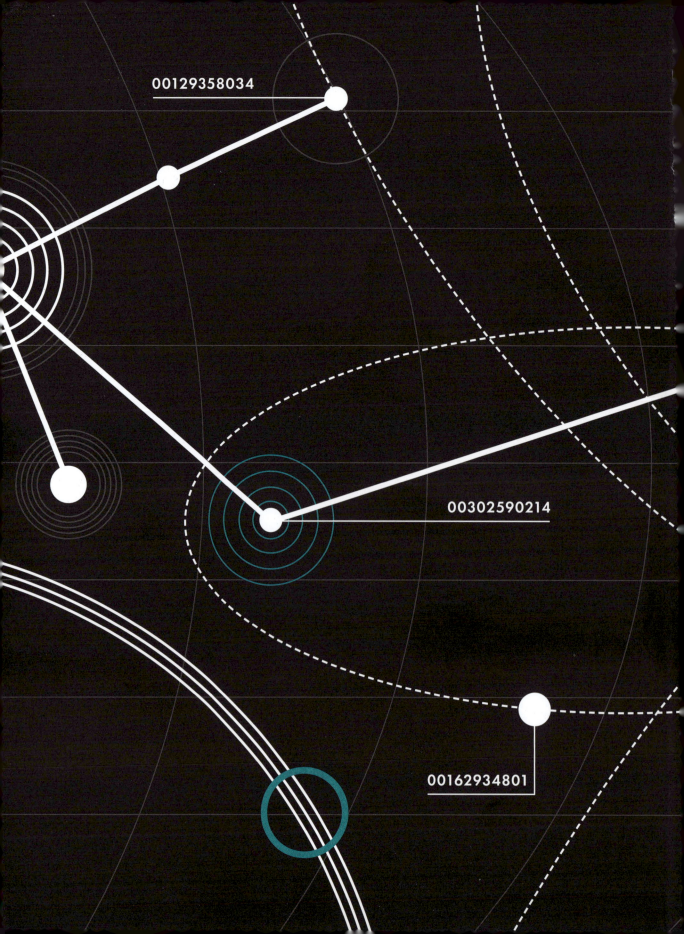